郁达夫讲社会与政治

郁达夫 著

百花洲文艺出版社
BAIHUAZHOU LITERATURE AND ART PRESS

图书在版编目（CIP）数据

郁达夫讲社会与政治 / 郁达夫著． -- 南昌 ： 百花洲文艺出版社， 2021.1
（2023.9 重印）
ISBN 978-7-5500-3857-8

Ⅰ．①郁… Ⅱ．①郁… Ⅲ．①郁达夫（1896-1945）－文集 Ⅳ．① I216.2

中国版本图书馆 CIP 数据核字（2020）第 197607 号

郁达夫讲社会与政治

郁达夫　著

出 版 人　陈　波
责任编辑　胡青松
特约编辑　何　薇　叶青竹
书籍设计　刘昌凤
出版发行　百花洲文艺出版社
社　　址　南昌市红谷滩世贸路 898 号博能中心一期 A 座 20 楼
邮　　编　330038
经　　销　全国新华书店
印　　刷　北京众意鑫成科技有限公司
开　　本　880mm×1230mm　1/32　　印张　7.75
版　　次　2021 年 1 月第 1 版
印　　次　2023 年 9 月第 2 次印刷
字　　数　147 千字
书　　号　ISBN 978-7-5500-3857-8
定　　价　69.80 元

赣版权登字　05-2020-175
邮购联系　0791-86895108
网　　址　http://www.bhzwy.com
图书若有印装错误，影响阅读，可向承印厂联系调换。

《大师讲堂》系列丛书
▶ 总序

梁启超说："学术思想之在一国，犹人之有精神也。"的确，学术的盛衰，关乎一个民族的精神气象与文化氛围。民国是一个动荡不安的时代，内忧外患，较之晚清，更为剧烈，中华民族几乎已经濒临亡国灭种的边缘。而就是在这样日月无光的民国时代，却涌现出了一批批大师，他们不但具有坚实的旧学基础，也具备超前的新学眼光。加之前代学术的遗产，西方思想的启发，古义今情，交相辉映，西学中学，融合创新。因此，民国是一个大师辈出的时代，梁启超、康有为、严复、王国维、鲁迅、胡适、冯友兰、余嘉锡、陈垣、钱穆、刘师培、马一乎、熊十力、顾颉刚、赵元任、汤用彤、刘文典、罗根泽……单是这一串串的人名，就足以使后来的学人心折骨惊，高山仰止。而他们在史学、哲学、文学、考古学、民俗学、教育学等各个领域所取得的成就，更是创造出了一个异彩纷呈的学术局面。

岁月如轮，大师已矣，我们已无法起大师于九原之下，领教大师们的学术文章。但是，"世无其人，归而求之吾书"（程子语）。

大师虽已远去，他们留下的皇皇巨著，却可以供后人时时研读。时时从中悬想其风采，吸取其力量，不断自勉，不断奋进。诚如古人所说："圣贤备黄卷中，舍此安求？"有鉴于此，我们从卷帙浩繁的民国大师著作当中，精心编选出版了这一套《大师讲堂》系列丛书，分辑印行，以飨读者。原书初版多为繁体字竖排，重新排版字体转换过程当中，难免会有鲁鱼亥豕之讹，还望读者不吝赐正。

吴伯雄，福建莆田人，1981年出生。2003年考入福建师范大学古代文学研究系，师从陈节教授。2006年获硕士学位。同年9月考入复旦大学中文系古代文学专业，师从王水照先生。2009年7月获博士学位。同年9月进入福建师范大学文学院古代文学教研室工作。推崇"博学而无所成名"。出版《论语择善》（九州出版社）《四库全书总目选》（凤凰出版社）。

目录

纪念"九一八"

今天是"九一八"八周年纪念日！关于"九一八"的由来，意义，以及这八年中敌军阀对我的阴谋续出，与夫我全国上下，一致团结，誓死保卫我们的国土、主权、独立与自由，等等，已在十五日的本栏钟达琳君的一篇纪念文字里说过了。在这里可以不必赘述。

我们今年的纪念"九一八"，第一在纪念着它是给与我们新中国以复兴之机的催生针。

我们只须冷静地考察一下，中国的政治、军事、经济、文化、国民生活，在这八年之中，完成了一个如何惊天动地的大飞跃，以八年以前的诸种状态，来和今天——虽则在敌军的践踏蹂躏之下——全中国的一切情形一比，谁也会觉到这长足的进步，是摩西以后的一种奇迹。

其次，我们纪念今年的"九一八"，和往年不同之点，是我们这一次的抵抗侵略战争，使国际间前进的诸人士，不得不承认我们中华民族，是反侵略的急先锋；是为主张世界的和平正义，不惜牺牲一切，来抨击法西斯蒂强盗的先觉者，我们是最早看穿了法西斯蒂的欲壑难填，最早觉悟到非以武力来抵抗，是不足以打倒这些疯犬们的民族与国家。我们是能以实际行动来贯彻我们的主张的。

又其次，今年的纪念"九一八"，是在后代历史意义上，迥然特出的一个转变点，恐怕在五年、十年，甚至百年、千年以后，也永会保持着它的异彩的，这特异的意义是什么？就是我们建国复兴的最后胜利期，决然地于今年"九一八"以后，将很迅速的到来。

这并不是一句空话，这是可以种种方面的实事来作证明的。

（一）敌国上下，自受了美日废止商约，苏德缔结不侵犯条约两大打击之后，愈见得手忙脚乱了，先是反英的，现在想反过来拜英。内阁的更迭频频，在中国军部的寇酋的朝令夕改，再三变换组织，终无法压制反战各士兵之心，以收速结速和，以华制华的实效。而敌国最大的窘状，尤其是人口的大量减少，兵员的不够应付，敌国全国，自都市至农村的人心厌乱，生活的不安。

更有甚者，是敌新组的内阁，和横蛮军阀，还是势成水火，暗斗明争，在阿部未上台之前，就已见之于陆军当局所公布的一篇谈话（见八月廿九日大阪《每日新闻》"陆军对新内阁的希望"条）。

敌军阀们还在要求急进侵略，不尚空言（对内阁的施政而言，即对速和速结的政策而言）。绝对反对和英国妥协，要独霸东亚、独吞中国（这对阿部于九月一日所公布的谈话，在中国对第三国家有妥协可能时，也愿意妥协之意，针锋相对）。

这从敌的一方面来分析，是我们的最后胜利，必然地就在目前的一个证明。

（二）从我们的一方面来讲呢，新训练成的机械化部队，有国家民族意识的青年新军三百万，已于最近配备完成，枕戈待命，在晋中，在长江流域，在东战场，在粤沿海一带，各只在静候着总攻击令的颁发了。

我们的最大的凭借，总之，是在兵种的源源不绝，土地资源的广大无垠，以及抗战到底，精诚团结的这绝对不会摇动的一个大决心。

敌寇的傀儡，也许最近会袍笏登场，敌国的外交，也许最近会颠倒一变，但是，这些丑剧，结果只有一个用处，就是可以用来证实敌人的百计俱穷，最后的一个回光返照，即敌国所说的"断末魔的苦闷"而已。

因此种种，所以我们今年的纪念"九一八"，和往年以及将来的纪念"九一八"有迥然不同的特殊意义。我们更要以万分乐观的情怀，来争尽我们出最后一个钱，沥最后一滴血的天职，因为这就是最后胜利的另一个名称。

至于欧洲大战的与我抗战无损，以及我们是和欧洲英法波站在一条抵抗侵略的线上等等，本栏已屡有文字发表过，这里自然不必再说了。

一九三九年九月

（原载一九三九年九月十八日新加坡《星洲晚报·晨星》）

我国语言文字

　　余与张明慈先生相识已十余年，自余苍星后，彼屡邀余至学院演讲，因工作与时间关系，不克如愿，今夜乃得来此讲演，殊深欢慰。吾今所欲讲者，即我国之语言与文字是也。吾国文字虽然相同，而语言则各异，各省有各省语言，各地有各地语言。即以福建而论，每县以至每一乡村之语言，亦有不同。我国同胞，因所受教育较低，故不能人人了解国音，所以甲省军阀与乙省军阀以前为争权利，因起战争，以致造成闽帮、粤帮及其他帮派，故欲强国，必先废除帮派。

　　前年余应东京学校及社团演讲时，曾由日赴台湾，彼处有一帝大分校。吾闻台人所讲者乃闽南语，其风俗习惯与吾国中相似。台湾灭亡之初，其儿童尚许读《三字经》《千字文》等，及余至台湾时，已禁令儿童读汉文矣，可不悲哉！不特令其不可读汉文，反道令其读写日文。至于言论，亦大被束缚，偶有喜庆事，仅能讲几句平常语而已。如请人讲评话，须至更深夜静，万籁无声之时关门低讲，旁人欲听者，则须窃听。如有三二人同行谈笑之际，则必突来其他一人（警察）随其后，如听其语略带政治意味者，即将其人逮捕，使之饱尝铁窗风味。似此言论不自由，生活不自由，则生不如死，足见亡国之惨也。余在台湾时，台人来会晤余如见家人，感情甚为欢洽，余亦曾往听其"评话"，彼等泣，余亦随之而洒同情之泪。

吾国文字优美，即世界各国亦无与伦比。论其形则象形，如凸则山字之象形也；至其音韵，亦较西洋诗歌为活动。日本文化袭自我国，其文字一半为汉文，一半则由汉文中变化而来。以前倭曾有废除汉字之议，而欲以罗马字代替，然终难实现。余曾谓彼帮著名学者，日本欲废汉文，即废其根本，盖彼实源于我也，且以罗马字代替，更为困难。彼等亦承认余言之不谬。

吾国语言文字均极美妙，诸君如能熟习，则知诗歌文词，其味无穷，运用之妙，在乎其人。如能将吾言而远为传播之，则更善矣！

（原载一九三九年十二月一日新加坡《南洋商报》）

敌人的文化侵略

敌人除用了飞机大炮的屠杀进攻以外，谁也知道，还有政治进攻，经济进攻，甚而至于和平进攻，谣言进攻，毒物进攻，娼妓进攻等，种种手段。但是兴亚院的工作做得最起劲，一批军部御用的学者文人也顶卖气力的文化进攻或文化侵略，才是敌人用以灭我种亡我国的一个最毒辣的计划。

他们先要使我们忘记国族，所以就授以日文，改变小学教科书；再要证明中日亲善的实际，所以就从由我们这里劫掠去的金钱中拿出一小部分来，示义卖恩，颁赐小惠。或设奖学金，或选派优秀学生至敌国留学；或对于一二稍有声望，甘为奸人走狗的堕落文人与所谓学者，予以小小的荣誉。这么一来，沦陷区的读书种子，就尽入敌人的彀中。再过几十年后，便可将中文完全废止，使炎黄子孙，完全甘心情愿自称作日本的臣民了。

这是他们的计划大概，与希望的一般，可是事实上，他们这一个侵略，又和他们的军事侵略一样地失败了。

第一，我们在沦陷区的小学生，教科书有公开的与秘密的两种，这事情，已在各报的通信栏里，登载过了好几次；第二，是沦陷区的各教员，大部分都还是良心未泯的青年，他们的嘴，他们在课余之后的工作，却是敌人的刺刀手枪所压服不下的。

厦门小学生在敌人的节日所写的标语，各战地后方的秘密报的销行的广泛，就是这倾向的证明。

其次，且看汪逆在上海所发行的报纸，虽说销路有了三万，但这一个数目，却是奴才向主子报帐时的幽灵数目，实际上恐怕连三千都还不到，而读者又只是受津贴的汪派的徒子徒孙。

至于什么文化协会，什么文化座谈会之类的文人拉拢政策呢，被拉的又多半是在中国并没有地位声望的四五流以下的文人。他们又大抵是几个报酬一拿到之后，就可以公然声明，并非是心甘情愿出卖灵魂的奸人，这一条死路，是敌想尽方法，怎么也走不通的。

最近在十一月号的《改造》杂志上，读到朝鲜籍的一位作家张赫宙所写的杂文，说在间岛、图门之间，日本人所说的匪，我们所说的义勇军，还是有绝大的势力。他们所散布的主义宣传，文化种子，据日本军事当局自己说来，也是决不能以日本的兵力来消灭的，除非是他们情愿自己来投降送死以外。

文化侵略，原是各种侵略之中，最毒辣的一种，可是敌人于施行侵略之际，第一，没有远大的计划，第二，拉不到有力的干部，第三，摸不到有效的路线（方法），它的结果，非但没有正的力量，反而还增加了负的声势。

我们的文化，历史实在太长久了，虽经了辽金元清数百年的压抑，复经了最近西洋文化二百余年的侵蚀，可是，结果，还依然一点儿的动摇也没有。

在文化上取他人之长，补自己之短的雅量，我们当然自有的。物质文明，精神文明，都须加以一番科学的精练的决心，在近几年来，也已经一步一步的确定起来了；我们的文化阵营，在长期抗战的中间，只会向坚实的一方面发展。反之，敌人的固有文化，不但不够来向我们进攻，恐怕将要在敌军事、政治、经济，同时崩溃的时候，完全消灭成一张白纸。所以，将来若须建设东亚新文化，使敌国上下，能受到真正文化的恩惠，这责任反而还在我们的肩上，同隋唐之际，我们去开发倭夷时的情形一样。

（原载一九三九年十二月三日新加坡《星洲日报·晨星》）

语言与文字

    十一月三十日晚，偶尔经过三角埔，到中国语文学院去坐了一会，以后张先生就请我去向男女学员们讲几句话。因为没有预备，没有题目，所以就顺便以语言与文字，来作谈话的资料。第二天，各报上虽亦载有简单的谈话内容，但觉得我所想讲的主要之点，还不十分抓住，故而再来写些闲谈以补它的不足。

    人类借以交换意见，表示内衷的表情、动作，与声音（即言语），当然是在有文字之前的事情。先有言语，然后有文字，是一般言语学家的定论。我国在结绳（这当然也就是文字的变相，是一种简单的记号）代字之前，自然是已经有了言语了。所以，小而部落，大而国家，能团结统一起来的水门汀，第一，是靠言语，第二，才是文字。

    中国的所以能保持固有的国家疆域，所以能有一个民族的文化，最重要处，还是有赖于我们的统一的文字。可是中国从前的教育不发达，文字只是士大夫阶级能享有的特权；因而虽有了统一的文字，实际上的国家统一，终还不十分的坚强。尤其是民国成立之后，统治者失了驾驭全国的能力，因而军阀互争，内乱不绝，积弱之余，就授敌人以大规模侵略的机会。

这统一不坚强，团结不巩固的最大原因是在哪里呢？就在言语的不统一，文字与言语的不能完全一致。

假使我们的言语早能统一，文字能适应时代，而与言语相一致的话，那我们的统一国家也早就成立，敌国外患就决不会有了。因为言语的不能统一，感情意思的不能互相通应，所以致演成同是中国人，而甲地和乙地的人，会有械斗争等事情发生。扩而大之，就成为省与省的斗争，派与派、阀与阀的斗争。当然，此外的原因，也很多；譬如交通的不发达，实业的不开展，贪污政治的不肃清等等；可是，言语的不统一，文字的不能与言语一致，而不成为普遍的民众智慧，却是我们过去不能成一统一近代国家，没有进步，渐渐陷成弱小国家与弱小民族的一个最大原因。

所以，现在，全国正在拼死命，为民族国家的生死存亡争血路的这时候，我们所最须努力的，就是使言语统一起来，使文字和言语一致起来的两点。这两点倘能完全做到，则中国的统一，决不会破坏，中国的民族与国家，也永远不会亡了。

国家的统一事业，虽有赖于政治工作，但是文字（文学）的功劳，也决不在政治之下。

意大利的统一，虽则靠马济尼、轧利巴尔提、卡辅尔等政治家的奋斗；可是若没有诗人配屈拉尔加、但丁等的统一语言文字的工作在先，则意大利在十九世纪中政治上的统一，决不会进步得如此之速。

同样，在拿破仑战后的德国，幸赖了歌德、雪勒等国民文学家先奠定了统一语言文字的基础以后，继弗来特力克大帝之后的铁血宰相俾斯麦才会收到那样的成功。

所以，要想国家民族，能够团结、统一，则语言文字的统一与团结，是先决的条件。

尤其是在马来亚的我国的侨胞，在目下抗战建国的过程之中，第一非把祖国语言，文字，加紧地研究，练习不可。

不过对于中国的文字，有一点要注意的，是时时要使文字活着，与语言能够一致的一点。最近，大家所说的文字要通俗化，大众化的根本理由，也就在这里。

至于说到中国的文字呢？必须改良之处，原属很多，但就文字而言，却是最优美，最富于意义的一种。我们平时虽则并不会觉得祖国语言，与祖国文字之可亲可贵，但当授到最后一课的时候，就能感觉到这一种语言，这一种文字，对我们是如何地可宝贵的东西了。

前三年我在台湾的时候，所亲见到的台湾民众在政府下令禁止百姓读中文书，禁止日报出中文版的时候的那一种悲惨哀切的情状，现在回想起来，还会得毛发直竖起来。都德写亚尔萨斯·罗伦那一天学校最后授课的情状，与台湾当时的情状来一比较，只觉得他写得还不够悲壮。

　　祖国的语言文字，就是祖国的灵魂，我们要拥护祖国，就不得不先拥护我们的语言与文字，虽然，使中国文字能够活着，能够适应时代，能够和语言紧紧地连结在一起的这责任，仍是横在我们的肩上，还须我们来努力的。

　　　　　　（原载一九三九年十二月五日新加坡《星洲日报·晨星》）

战时的忧郁症

战争时代，有形无形的忧郁症中间，最大的一个现象，是人的意志集中力的分散。平常的活动、事业等等，都会因此而呈动摇之象，三五成群，空谈空想，做事情决没有和平时那么的有效力。

还有一般意志薄弱的人，在战时因紧张过度的缘故，变成神经衰弱，歇斯底里的事情也很多。

据英国医生麦克克莱兰特之所说，则忧郁状态，也并不一定是坏的。有时候，在寻常过程之中，这忧郁反会变成刺激，使人增加活动的能力。

譬如家里有了病人，自然周围的人，要忧郁了；但忧郁的结果，就会去请医生，或将病人送入医院。这种种活动，在平时是不会有的，到了那时，就自然而然，很有条理地会去做了。同时譬如一家一国的经济财政上，遇到危难的时候，则负责的人，自然也会因忧郁而显出种种活动能力来，如整理规划，盘算弥补之类，像这一种忧郁状态，心理学家，叫作"自然的状态"。战时的忧郁，若止于此限，则一点儿也对人类没有损害，反而会增加一般的工作效力。

所可虑的，是这忧郁状态过了度，变成了病态，那就不对了。这一种病态的忧郁症，物理的在人身上发现的时候，会增加心脏的动悸，食欲的衰退，消化的不良，夜眠的不安，终而至于使人成大病，而影响及事业。心理的在人的生活中显现的时候，会因绝望或恐怖的结果，而去找寻过度的刺激，以作忘忧之用，如狂嫖，烂赌，痛饮，失常诸状态。

我们在这国难未已，欧战又起的时候，大家会感染到一点忧郁，自是不可避免的事实。但要紧的，是要把这忧郁善用，使它成为刺激，而去增加我们的活动力。切不可因无故的忧郁过度，而习成病的状态，终而至于消极，绝望的境地。

为救治这战时忧郁症的病的状态，最好是先去究明这忧郁症的来源，然后再直向可以扑灭这招到忧郁的本原的工作去努力。

麦克克莱兰特医生所举的救治方法中，有集中意志，去做须切实负责之事，读好书，从事运动，不使身心闲空的几项，但在我们现下的状态中呢，我想是无过于努力去做救国工作的这一件事情了。

当然，救国工作，千头万绪，一个人在一个时候，决计干不了，也干不好；但极普通的一句话，就是确守本分，在自己的岗位上竭尽他或她的最善做去，自然是遣散战时忧郁症的对症良药。这极平常的药方虽系传自古人，药草也系采自平时的，但只教用之得法，则不问战时平时，我们就可以算是不虚做了一世人了。因读了一篇最近在心理杂志上发表的麦克克莱兰特医生的文字之故，我就发生了上面的这一点感想。

（原载一九三九年十二月二十一日新加坡《星洲日报·晨星》）

利用年假

古人说，读书用三余。冬者岁之余，自然可以用来读书。但由一年到头，在读书的学子们说来，则这一个假期，又当好好儿的利用一番，才是道理。

譬如救国工作，访问亲友，游旅，恋爱，或补足学业等。都是读书以外的事情，都是要有很多的时间才办得到的。各人若自认为这些是目前必须做的事情，那当然是可以利用年假来做成这些平时无暇做的工作。

但我的所谓利用年假的意思，却又是这些以外的一种反省工作。一年又过去了，在这一年中，我们究竟做了些什么？所做的事情，有没有缺点？这些缺点，应该怎样去纠正？

追思、检讨了过去，我们还应该顾计到将来。自己一身的事情顾计到后，更应该考虑一下己身以外的社团，亲友，或国家与民族的种种。

以自己为中心，以社会为背景，以民族国家为奉仕的对象，我们在这时此地，应该立下一个怎样的计划，遵循做去。

热带的天气，只有在年尾年头，清凉一点。而时间的分割，虽系人为的区划，但为结束和开创事业起见，也是很觉便利的一种制度。所以到了这一年将尽，而另一年又将开始的时候，来下一番反省的工夫，我以为终于是利用年假的一个好方法。

（原载一九三九年十二月二十三日新加坡《星洲日报·晨星》）

迎年小感

一九三九年，祖国在浴血抗战的苦斗里过去了，现在已经是一九四〇年的新春。这个一九四〇年，断断乎是我们争取最后胜利的一个转纽；新年开始，就有了粤南的大捷，与赣鄂的连胜，以后，自然只会得一层更上，我们的反攻，只有着着胜利的一途。

胜利原是我们的，当然无可疑问，可是到胜利之路，却并不是一条坦途。我们全国的民众，不问在海内海外，必须团结得更加巩固，责任的偿尽，必须做得更加彻底，为国牺牲的觉悟，必须更加坚决，才有希望。

因小故而自致分裂，执己见而妄责他人，事未做而先来一番叫嚣，都不是致胜之道，这一点我们可得留意。对于同一阵线内的人，只有鼓励与劝导，或好意的批评，使他的错误能够纠正，方是真革命者对待同志的爱。舍大前提而不谈，先来争论细事，甚或至于因理论而乱及于行动，自家先在战壕内，杀得血流漂杵，这是为仇者所快举动。

当然，对于汉奸、汪派，我们是不必姑息容情的，但是对于同道者们，决不能怀有对敌人以上的仇嫉。所以，在这一个最后胜利年内，我们只希望大家都能脚踏实地的去做我们的工作，依最有效力，最经济的原则，去完成我们的任务，用远大而正确的眼光，去分剔出我们的敌人友人。

（原载一九四〇年一月八日新加坡《星洲日报·晨星》）

关于宪政

上星期日，因为大家得空，有六七位朋友，聚合在一起，作了一次关于宪政问题座谈。对于这一问题，国内的新闻杂志上，当然已议论得详详尽尽，就是在星洲，我们的新年特刊里，也已经收罗了各位立场不同的代表者的文章。宪政的必须实施，实施宪政的有助于抗战建国，以及何为宪政，现今世界上有几种典型的宪政等，现在实在是可以不必赘说了；因为人家早已订成了书，制成了有系统、有意义的文件，堆叠在我们的面前；我们只教有心思，有趣味去翻读一下，就可以原原本本地得到全部的知识和判断。

所以，我们所谈的重要之点，不外乎底下的两项：第一，立法是纸上文章，是容易求其完美的，就譬如国际间和平合作条约的签订。重要的，是在这完美的法令的实施；遵法者能不能照条文去遵守，执法者能不能照条文去执行。过去中国的每一次的选举，何尝没有很完美的选举法令？然而选出来的代表怎样呢？大抵总是以贿选或欺骗威胁等手段得来的居多。

就譬如说敌国吧，名义上居然也是一个立宪的国家，关于财政预算，人民负担，以及外交军事诸大政，是非由议会批准，不能决定的；可是事实上又怎样？议会对于军阀们提出的议案，敢不照样通过么？

故而，我们对于这一次宪政的施行，是在望其真正的实施。对于人民的自由、平等，以及各党派在政治上的自由、平等，都能真正照法定的条文般能够实现。空头支票，或者发了支票而又加以涂改，及打折扣的宪政，在我们是以为大可不必的。再进一步，万一宪法公布施行了，而实际上仍不能实现时，那当用什么方法来制止？这是重要的一点。

其次，是关于马来亚华侨，和宪政的问题。譬如国民代表大会中由马华侨胞所公选的代表数目，是不是足够代表全马华的侨众大多数的利益的？人数问题是一项。此外，则这些代表的产生方法，是不是尽善尽美，足以完全代表各阶层及大多数的侨众的意思的？代表产出问题，又是一项。

总括那一次座谈的结果，除必然的话，及大家已经明了的一般的话不说外，我以为重要之点，也不外乎上述的两项。

方法原是很多，但欲求一果能实现而又最少弊端的较为理想的规定，却也颇非容易。并且即使由几位有识者想出了适当的方法，而这方法的能不能被采用，又是一个疑问。

因而，处士横议，只能作一种参考资料，及鼓励大家起来从实在处研究宪政而已；说来说去，还是宣传这一点工作，倒是实实在在，可以做得到的，当然，效果的如何，暂且可以不问。

（原载一九四〇年一月十二日新加坡《星洲日报·晨星》）

文人的待遇

在一篇从重庆寄来的通信上，曾读到重庆生活费的高涨，一般中下级公务人员和文士，还不及工人与车夫的报酬来得丰厚；文士写千字，只卖得元半二元的稿费，而排字工人排千字，倒也有国币二元以上的工钱等消息。

这虽是战时的畸形景象，但是从供求的关系上说来，可也是必然的结果。排字工人，需要熟练的技巧，相当的学识，与坚苦的斗志，同文人并没有两样。他的重要和文人也分不出上下高低来。而在战时的后方，我们由友人的通信，及刊物的编辑余谈中看来，知道熟练的排字工人，印刷工人，以及印刷业经营者，都非常的稀少。

并且，因交通运输的不便，印刷材料，在后方简直是珍贵之至。铅字是少得很，印刷机也并不多；其他如油墨纸张之类，无一不在感到供不应求。在这样的情形之下，工友们自然只集中在几个大都市里，不肯千里长征的到后方去了。而宣传印刷用品，一般新闻杂志，以及初级的教育工具，在后方的需要，却比几个通都大邑，紧急得多。物以稀为贵，印刷工友的工资在战时后方的抬高，自是必然的情势。

其次，如舆夫、车夫、船夫之类的工友，因为有机可乘，临时抬高一点价钱，也是自然的现象。不过要合乎理性，不可过事要挟，形成类乎抢劫的行为，那就无可非议了。

至于说到文士呢？则平常我们就在说，中国社会，对文士的待遇，是最坏的。远之，如欧洲作家的一字几镑等，类于神话似的传说，我们暂且不提；就以英国在六十年前的情形来说，譬如乔治·葛辛，于伦敦市场上，出卖小说稿最低的价格，一部十万字的小说，还可以得到五十镑的市价。这是在当时的文人市场上，算最低的价格了。合到现在的法币，也有两千元上下的数目。而当时伦敦的生活，是四十个先令（约二十元法币），尽可以优裕地过一个月的。中国的作家，在平时就向来没有过这样的待遇。（乔治·葛辛的生活，可以从他著的《文士街》一小说，及穆来·洛勃兹以他的一生为模特儿的《亨利·迈脱兰特的私生活》一书中看出来。所以在此地举他作代表者，因为他是当时著作家中最不幸的一个之故。）

像我们从前在上海写稿子，每千字写得二十元的报酬时，是稀有的例外，平常总只在千字十元至十五元之间。而出书时候的版税，靠得住的书店，最高率也只抽到了百分之二十，通常是百分之十五。每一册书出来，平均每年有五千册好销，而能继续至十年的，就算好的了。即依这一个平时在中国是最好的待遇，和欧洲各国的最不遇的作家的待遇来比一比，还是觉得减色得很多的；在现今的战时后方，文士的待遇，低落得赶不上工人，那当然是不算什么稀罕的事情了。

对于这战时文士的苦境，我们原抱着万分的同情。但一方面，从我国历来喜以读书人自负，看其他的人都是"万般皆下品"那种态度来说，则这一个对战时的文人的打击，也未始不是一种很好的教训。文人的可贵，是贵在他有坚实的节操，和卓越的见识。对于物质享有，他决不能因自己是文人之故，而非要和一般民众或工友不同，非超出在他们之上不可的。文人和一般工人，究竟有点什么区别呢？工友及一般民众，可以吃苦耐劳，难道文士就吃不得苦？耐不得劳了么？

我们的要做文人，是想以自己和众人不同之处，能使它发挥出来；如有力者的去拉车，喜欢冒险者的去探险一样。若是为了易于得物质报酬，或易于成名得利而去做文士，则这一个人，不是呆子，便是奸人，决不是真正的文士。

因这一次的抗战，我国历来的种种封建意识，得能一扫，这是事实。这一次文士的受难，而若能也把一般文人自视过高的习惯改去，则抗战的功德，施及于文士的，也真可以说是"并非浅鲜"了。

并且，正因文人待遇的普遍低薄，赶不上工人舆卒之后，在文士之中，才会产生出意志坚强，不畏艰苦的伟人杰士来；而一些以文学为工具，想借此以投机取巧的文学商人，才会得视作文士为畏途，而不敢轻易的再去尝试。如鲁迅在遗嘱里戒子万勿作空头文学家之类的箴言，是远不及事实的教训的。

所以，一般社会，对于文人的待遇过薄，我们原要为文人抱不平；但在另一方面，则我们也正在想将许多青年之愿为文人的这一种野望，可能使转向到愿为工业创造者，机器发明者，荒地开辟者，和国家建设者等实务上面去。要而言之，一个空头文学家，终不如一个裁缝或泥水匠、木匠等实际有一技之长的人来得更可尊敬，是我们的意见。自然，对于真正的文人，我们也想促进社会付以对他所应受的待遇。

（原载一九四〇年一月十六日新加坡《星洲日报·晨星》）

勿骄勿馁的精神

　　自从高陶将汪逆与日寇缔订的新关系调整要纲内容公布以后，卖国的汪逆，自然已经露出了为来为去，只为了四千万元关税截留金交付的这一条尾巴。而在日寇方面呢，也实实在在显示出了近卫三原则的实际内容，与夫所谓建设东亚新秩序，以及皇道政策的具体计划。

　　傀儡们上了台之后的种种丑剧，我们自然不难预见；譬如伪满倭国与伪中央的交换使节啦，伪中央对英美苏各国的一边威胁排斥，一边屈意奉承的外交两重奏啦，各地土匪流氓的拉拢编组成伪军啦之类。但是最重要的一幕，恐怕还是倭寇与伪中央，伪中央与各地方伪府，以及伪中央中间自己的对分赃争利夺权的几个场面，这些当然是不在话下的应有之景，总之，只是证明了傀儡们的实际，与夫显示出敌寇的操纵手法而已。这些形形色色对我们的民众决心，对我们的抗战计划，以及对我们的与国的友谊，是决无丝毫影响的。反之，倒可以使我们更坚决地获到国内大众，以及友善各邦的更坚强的扶助与拥护，使抗战更能增加一分决定的力量。

在这一阶段里，要紧的，可并不在甘心卖国的奸党们，倒是在我们自己抗敌阵营的应该严防被敌利用，致起分化的一点。敌人放出的在山西境内，国共军队，自相残杀的恶宣传，原不值得一驳。更可笑的，还有云南与中央的乖离等不具常识的谣言，可是从这些敌谣来加以分析，则可见敌在军事上，已无法进展，以后的唯一策略，就在利用政治，来分化我们团结的阵容。

其次，则抗战日久，人心易生玩忽，胜后成骄，略挫变馁的倾向，也容易滋长；我们在这一年中，尤其更不得不重振精神，着着来准备敌军的出乎意外的袭击。譬如敌人这次在浙东的偷渡钱塘江，炮轰镇海，分明是袭取浙东，因以威胁江西福建的初步。还有粤桂两省的增兵死拼，也是敌决不肯轻易放弃打通粤汉路企图的明证。鄂中的崩溃，系大批寇兵南调的结果；而山西的失败，是严寒的季候与险峻的地势，予敌人的打击；各路前线，现在虽则似乎暂入平静的状态；但是傀儡登台，敌阁筹备稍稍就绪的一月半月之后，敌在各线，总将有一次最后挣扎的猛烈反攻无疑，我们所不得不预防的，倒是在这些地方。

所以，当抗战初期，领袖所告诫我们的两句话，叫作"闻胜勿骄，遇挫勿馁"的精神，我们在这时候，更应该重振一下，并且还要勿懈勿弛，坚持我们拼战的初衷，比抗战初期，更得奋发一点，才能在今年之内，争得到最后胜利初步第一段的成功。

（原载一九四○年二月一日新加坡《星洲日报·晨星》）

等春季过后

在前些日子，我们就料到敌人在两广总有一次最后挣扎的攻势；而同时在东战场的浙皖、北战场的晋绥，也必于春到雪溶之后，再有一番动作。在我，是沉着应战，勿馁勿骄，始终抱着长期抗战的决心；在敌，则这一次攻势，就是孤注一掷的总进攻。若攻而得手呢，则傀儡马上可以上台，一面也将利用欧战春期猛烈交攻的当中，要挟张伯伦，欺蒙罗斯福，在既沦陷区中，和英美成立一妥协局面。若攻而失败呢，则势将缩紧战线。致意于华北及长江下游的整理，而勉强制造一可以持久的计划出来。这是一二月后，敌人所必取的态度。

我们是原早已料到这一层的，所以，最近就注全力于西北西南内部交通网的完成。滇越铁路若有问题，滇缅铁路就可以起而代之了。若能照目下的情形，各地时时获得小胜，而较大规模的战事，取一个争夺进退的形势，要求敌人以较大的牺牲，则我们只须等至今年的六月，敌人就会因内部的崩溃（从食粮、经济、政治各方面），和国际的箝制（从九国公约签字国的谴责方面），而呈一个很显著的败兆。

兵败如山倒，攻心得利，自然比攻城更有效力；今年是我们的最后胜利年，这话的索隐，该从这些地方着眼的。

（原载一九四〇年二月七日新加坡《星洲日报·晨星》）

废历新年

我国自废除旧历以来，历年已有二十九岁；但习俗总不容易除了，尤其是一般商家的结账，及银钱来往的交代上，总爱以旧历年终作结束的居多。

这习惯的养成，只能归之于一般人的惰性、习熟性、封建性，和科学知识的不广泛流布等原因。

说这是守旧或这是恶习惯，也很难说。因为中国的历史传统，每当换朝代、易主子的时期，总以改正朔，设祭祀，创服式，或制装饰等为正民视听的基本制度。不记年号，但书甲子，痛恶披发左衽，以及清朝入关之后的因不肯剃发而甘殉国族的事情，历史上皇皇各有记载，一样是守旧，从国家民族的立场上来恪守旧制时，我们倒也并不反对，并不能一言以蔽之曰：其愚为不可及。

所以，到了旧历的新年，在商业上来一次结束，在日常生活上来一个休息的节日，也未始不可。

不过节日不可过多，快乐不可过度。因休息而致心身放弛，因作乐而致发生灾祸，是常有的事情，这在平时，尚且不可，更何况乎在这国家多难的战时？

有人提倡节约年节宴会以及一切糜废之金钱来救国，当然是极合理的主张。

可是，我们的最终理想，总还是在服从国家的命令，确守一元的理论，不要把元旦弄成一年之内有两个，将大好的光阴和精力金钱，枉费在嬉游作乐的上面。

平时在国内，我们大抵自国历新年起至废历新年间的一段光阴，往往会在惶惑、松弛、期望里白白的过去；这是由历日二元制给与一般人的精神上的打击。

其次，说到商行为的结束账目，若立意要改，亦何尝改不过来，岂不是每月结账的制度，一般也在那里施行遵守，大家并不觉得有什么不便么？

总之，历日、划期、记数等等，都是人与人之间的一种约定，是对于时间、空间，以及无限等抽象对象加以限制的一种方法。但历日既久，人为之法，反来支配着人，亦犹之乎人造的货币反能支配人的命运是一样的道理，我们但从根本上一想，则克服这一种习性，本是很容易的事情。

（原载一九四〇年二月九日新加坡《星洲日报·晨星》）

粤桂的胜利

继着长沙外围的大捷之后，其次是粤南的大捷，这次桂南之役，虽说还没有结束，但是前半段争夺战中，我们已毙敌两万，克服宾阳武鸣，南下势如破竹，包围了南宁，预料敌在南宁，必将增军死守，我们的战略，是等他援兵聚集之后，先断他的后路，然后再以瓮中饿鳖之计，等他们瘦毙在南宁。

交战二年零七月有奇的日子中，我们的连捷音讯，在近半年中，尤其是纷至沓来。这一个现象，究竟是好是坏，我也可以不必说；而且，在数百万人对垒的局势下，扫毙几万敌人，也不值得大惊小怪；可是像这一种战势，所给予敌人的全线精神上的打击，可不是笔墨所能形容，数字得以算出的。

敌人的虚伪宣传，是陆军的百战百胜，海军的世界无敌，而这一次，可竟被没有枪械，没有战斗能力的我中国老弱之兵所迭败，看他们在前线作战的士兵，以后会起怎么样的感想？

统制新闻，压迫言论的手段，在敌国虽则周到得无以复加，但是残存回去的伤病兵会说话，装载回国去的尸灰木匣会说话，第三国的通信机关、言论机关会说话，交战以后激增的寡妇数目会说话，像这样的皇军的战绩与荣誉，终有一日会在敌国的民众之间大白的；已经是因种种苛征暴敛，限制榨取，而苦得无以为生的敌国民众，难道真会得同绵羊一样，永远任军阀们去吞骨衣皮，尽情宰割的么？

我们的希望，并不在将敌军的主力，一举而消灭，也不在旦夕之间，就可以把各处名城同时来克复，我们就只想象这样的一扫两万人，再扫数千人地对敌国的民众，加以一种警告。杀日本民众的，并不是支那的为保卫乡土而战的英勇军队，却是在他们自己身边的几个军阀。

（原载一九四〇年二月十七日新加坡《星洲日报·晨星》）

文艺上的损失

上期《文艺》里，老舍的来信中，曾说到了在重庆以及内地的文协会员和作家们，都穷得不得了；大规模的文章就无法写。即使写了以后，也没有市场，没有发表的地方，没有养活作者的资粮，可以使作者继续地写他的大规模的作品；这是文艺的一大损失。

因此，重庆的文协总部，以及各地的文协分会，都在发起增加稿费运动，要求政府机关，公共团体，有良心的出版业者，新闻杂志事业经营者，都将眼光放远大一点，对写作者予以帮助；使正在走上光明大道去的中国文艺，不致因敌人的摧残，而致中落或中断。

内地的物价飞涨，生活艰难，一般经商或从事筋肉劳动者，自然可以将高生活费，转嫁给他人，而勉强维持过去；独有握笔杆写文章的人，因为著作和思想，不是战时直接需要的固形物质与实际动力，所以他们就没有方法增加他们的价格。而同时，写文章的人的生活，却是和一般人一样地要维持的。

我们在前些时，也曾经说过，文化人应该同一般的穷苦大众一样地吃苦，并没有要求比一般过更优裕生活的权利；可是反过来说，文化人也并不是应该比一般劳苦大众更吃苦的。所以，这一次在新都，在桂林、昆明，以及各战地后方的文化人，所发起的增加稿费运动，我们很希望他们能够成功，可以解一时的倒悬，而增加我抗日文化的主力。同时，我们更希望在海外的各侨胞所主办的文化事业机关，也能够尽其全力，向国内的文化人致一臂之助。伤兵、难民，原应该救助，落难的文化人，也同样地要救助一下才对。

至于具体的办法呢，则一时很难说，单是消极地送几个捐款去，是无济于事的；当然要想出有持久性的办法来才可以。

譬如，非战地区，或后方的后方的文章市场的开放，出版事业、文化事业的经营等，是一个办法。文学奖金的设定，是一个办法。国内外文化人才调查介绍处的设立，是一个办法。

对于文化人的救助，虽是目前抗战局势紧张中的一个小问题，但对于将来的建国事业，对于发扬光大中国文化的各方面，却是富有着重大意义的一件事情。

（原载一九四〇年二月十八日新加坡《星洲日报星期刊·文艺》）

敌在浙闽的攻势

近几天来，为桂南的大捷的激刺，我们对于敌寇向浙闽的进攻，似乎少注了一点意。

这次乘大雪满江之际，敌寇偷渡钱塘江，竟占领了萧山县城；同时敌海军又迭攻宁波镇海，企图登陆，用的仍旧是两面包抄的战略。可是，我驻镇海守军，早已有备，故而终将敌寇打退。渡过钱塘江的敌兵千余，亦已被我包围，在歼灭中。

这次敌人在浙闽的冒险，显然是绥远失败、粤桂失败后的一种掩饰作用，其目的是在进占宁沿海区以后，又可以大大地向敌国内民众，及沪上外人作一次胜利宣传的企图，而且奉化一带，又是我领袖的故里，敌在西南西北无计可施之下，进占一不关大局的沿海小地区以自慰，也是穷余的一计。

所以，敌此次的进扰浙闽，其企图原不在分散我军的主力，以救粤桂之危，更不在预备大规模地攻袭浙赣路沿线，要华中再起一场激战。要之，不外乎想多占领些可以供作宣传用的城市，以掩饰半年来屡战屡败的羞辱而已。

我们在浙闽的防务，纵不能说是充实，但是敌要想长驱直入，不费几师团兵力，而占领我金华、宁绍、泉漳，却万不可能（我在刘建绪将军麾下布防的军队，约有十万）。

我军若能在浙东的山水之区（自绍兴向西南，就系山区和水流很多的区域了），要予敌以一次像在桂南似的打击，则敌军东南的全线，必将像冰山似的骤行崩溃，我们且静候着这一方面的捷讯吧！

（原载一九四〇年二月二十二日新加坡《星洲日报·晨星》）

永久的和平

二月廿二日巴黎发的路透电报，曾报有司蒂芬·金·霍尔司令的一段演词，大意是说这次大战结束以后，当由英法两国民各自警惕，组织维持和平的联合委会，勿仅仅以己国之利益，或和平时期的安易常态生活为满足。英法国民，要同时是法国国民，也同时是英国国民才对。又说，世界上的国家，要同时并进于一个文化之域后，战争才能避免，否则就不能够免除每一代的一次大战。

金·霍尔司令的这一篇演词，原只是在现在的状态下，向英法国民说的话。我们只教读西洋历史，不是健忘的话，应该想到在百余年前，当英法争霸时代的欧洲，又是怎么样的一个局面？

总而言之，第一，个人的野心，是挑起大战的直接主因，这是最简单明了的事情，如日本的军阀们，德国的希特勒等，这些人当然是死有余辜。

而第二呢，则分配不匀，不平等条约的缔结，也就是酿成第二次战争的要因。譬如一九一八年的战争结束后，凡尔赛和约，就不见得公平，在密约里已被判定作瓜分材料的土耳其，就最早起来推翻这和约了。恶魔希特勒的横行，还只是在日本强夺了满洲，墨索里尼霸占了亚比西尼亚、阿尔巴尼亚以后。

所以若要奠定永久和平的基础，也并不难，只教和约能定得和平，而定了公约之后，各能够坚守就对。

此外，还有一点，就是不要存牺牲他国，以博取己国的和平利益之心，也是非常重要的一个关键。惯玩这一手把戏的国家，最后终也不能够免于牺牲，是自然的因果律。

在这一次大战之后，我们当然希望在全世界，有一个比较长久的和平时期，但这一个比较长久的和平的造成，却必须在于这次大战的战得彻底，与这次战后和约的大公至正，与坚强有效的两点。

（原载一九四○年二月二十八日新加坡《星洲日报·晨星》）

错综的欧局

美国副国务卿韦尔斯到了欧洲，引起的反响，自然是甲国与乙国不同。这事，我们在本栏里已经说过，大约将来的结果，总也不过如我们所料的那样。这是目下欧局的一根纬线。

希特勒发表演说，同时拉拢意苏日作他的同党，色厉内荏，情见于辞。说包围封锁，已有漏洞。漏洞云者，小孔之谓也。素喜夸大口的希特勒，不意也竟发此小言；以欺德国民众则有余，以蒙天下人的耳目则不足，故作危言，预备讨价还价，亦是应有之事；同时来和张伯伦的演词一比，显见得一方面是君子，一方面是恶棍了，或者换一句话说，一方面是富有之家的千金之子，一方面却是穷极无赖的跳梁暴徒。

我们对于欧洲的和平，虽始终还在怀疑，但对于这次大战的将行扩大，却终不敢相信。

近东的风云，苏土的紧张局势，在六七日前，已似乎是酿成了矢在弦上的样子，可是我们终究不相信土耳其会在这一个时候，向任何国开起火来。至于苏联，则更不必急急于在这一个时候，以武力来占领黑海的锁钥，打通薄斯薄拉斯海峡，而闯入地中海东北岸来和那些海霸们以兵戎相见。此事，我们可以断定决不会发生，要紧的倒还须看黑衣首相，和韦尔斯相谈之后的计议如何而后定。

希特勒要巴尔干为他的生存空间，则墨索里尼，也不肯轻轻地答应，要联合起来攻苏联么？意大利还没有作此牺牲的准备。

芬兰问题，大约会在不久的将来解决，说因芬兰之故，而致涉及欧洲更大的混战，我们也不敢相信。

总而言之，欧战的局面，在目下似乎是很错综复杂，且也大有剑拔弩张，危机四伏的样子，但是平心静气地来分析一下，则绝大的转变，也决不会在短时期内出现，我们且静看那位美国上宾于周游欧洲之后的反应吧！

（原载一九四〇年二月二十九日新加坡《星洲日报·晨星》）

因谋保障作家生活而想起的话

由重庆的文协总会，发起了提高稿费运动，由老舍在《大公报》的一篇提议公布以后，保障作家生活这问题就成为实际运动，而由各方面的当局，出来筹划具体的办法了。

报载日前在重庆，曾由中央社会部的负责者，邀请作家及出版业者，作一次座谈会。结果，是决定了些请政府颁布保障作家的法令，命出版业者忠实支付版税或稿费，集款作贷以救济作家之用等办法。这虽仍是缓不济急的一种官样文章，但比起过去二十几年中，作家生活的简直完全没有被人注意，总要好得多了。以后的作家，我想多少总能得到一点国家或社团的帮助。

在这里，我们不得不引为遗憾的，就是中央执掌教育及文化事业的大权的诸公，何以一直到现在为止，对这事情，终于不加以一点注意。不切实际的大学、学院，以及作为政治势力背景的文化机关，尽在一个一个的设立起来。开办费、常年经费、基金之类，动辄几十万几百万的在向国库中支取；可是对于一般文化，及普通教育那样有大影响的作家集团，则直到现在，也没有一个扶助领导的机关存在。教育若只是为几个私人的位置，以及扩张自己私人政治势力之故而兴办的一种事业，那倒也还可说；教育若系为大众，为民族国家的前途着想的事业，那么它的范围决不应该限得这么狭，事业也决不应该做得那么不彻底。

假如以办一个国立什么大学的经费，来经营一所国营出版局的话，那至少至少，就可以培植出几百个著作者，印刷出几万几十万的健全书本来扶助教育；有了这一出版局后，则学校课本，优良作品，高深的科学及学术的著作，就有一统筹统销的机关了。对于宣扬文化，广播文化种子，岂不比空办几个大学，更有力量么？

与作家处在同样的状态之下受苦的，我们知道还有许多科学家和学术理论家在那里；这些纯粹从事学理研究的人，我们觉得国家还注意得不够周到。中央研究院、中山文化事业部等，虽也是为此辈而设立的机关，但是如今十余年来，它们的成绩，究在哪里？

虽则说是百年树人，文化事业的效果，或不容易立刻显现。但是一事业的当局者，究竟适任与否，却总可以从短期中，分别出来的。我们总觉得官僚万能的现象，在现时的中国还不能够打破。

所以，我们希望中央，以后切不要因敷衍个人之故，而去设立不必要的机关，总须为事业之故而去物色适当的人才对。

因保障作家生活这问题而想起的事情，还有很多。而以过去我国教育的不振，办教育的方针和人物的不对，却是这些感想中的一个中心。

（原载一九四○年三月十七日新加坡《星洲日报星期刊·文艺》）

从苏芬停战说到远东

苏芬停战之后，东西的政论家就有许多预测将来变局的言论发表。我们自然不相信苏联会更进一步地向罗马尼亚或土耳其进攻；我们以为继续拉把洛条约精神的苏德互不侵犯约定，界限仅止于互不侵犯，或小有接济而已，此后的苏联，一定又是来一个五年的和平计划无疑。

至于苏日的对抗，中苏的友谊，我们自然只希望能比现在更有进步，可是事实上能得到怎么样的收获，则一时亦很难说。影响于我国抗建的将来最大的，倒是在美国副卿回国以后的罗斯福总统的决心，和英法对德的战意的两点。

假使英法而有和意，假使德意而有可以商谈的具体条件提出，则半年之后，欧洲的和平，就可以一时出现。报载德将在西线作总攻的准备云云一类的消息，我敢断定是希特勒的假装法术。试问德在西线进攻，有胜利的把握么？即使西线有了尺寸的进展，可以保得住在波兰捷克，甚至于在德本土，不会有大事变发生么？况此外德国还须留意到巴尔干及中欧哩！

我们前回，已经说过，芬兰问题，不久就可以解决，而欧洲的战局，将在韦尔斯返美之后，或许有一个转变。这事情就在两月之后，可以验其应否了。

可是欧战即使告一段落之后，中日问题，也必不能同时解决，是铁定的事实。我们的抗战，要抗到底，不自今日始喊出来的口号，而敌阀也先已装上了傀儡，动员了全国物资，缩短了战线，在作持久的准备了。

在这两方相对峙的局面之下，一面原要看我们的抗建工作做得彻底与否，来定最后胜利的迟早，可是另一方面，则欧美与苏联的助力，当然是一个重要的因素。英工党议员克利浦爵士，曾在上海接见记者时说："中国必获最后胜利，英国只等在欧战转变之时，对日必更有动作。" 而美国的金元借款，却早已公布成事实了。在这一情势之下，我们就可以看出中日的对峙，究是于谁有利的。

汪逆的登台，敌寇的分头乱窜，对大局绝没有半点的关系。或者当傀儡政府成立的前后，敌寇在沿海各地（当然是在闽浙两省），有一点骚扰，也未可知。但这些沿海小地的一二处的得失，终是只能作为敌阀遮羞，为傀儡捧场的点缀，实际上的得不偿失，却与敌的占领我内地的点线，是一样的。所以，现在的中日战争，就无异于龟兔的赛跑，我们只有从努力持久的一法，来争取最后的决胜。

（原载一九四〇年三月二十日新加坡《星洲日报·晨星》）

土罗的问题

苏芬停战以后，举世的视线，已转向到了巴尔干，最成问题的，是土耳其和罗马尼亚的两国。土耳其因经济（输出入）关系，与德比较接近，虽有英土法土协约在前，而事实上英法所保障者，为欧洲各国若向土侵略时之行动，苏联倘向土耳其有所作为，则英法未必能引协约而与以援助。所以，一般的猜测，以为苏联既对芬兰可以用兵，则对土耳其亦可以提出准许苏联黑海舰队得自由进出达达内儿海峡等要求。况且，自新土耳其成立，举国厉行近代化、工业化之后，苏联对土耳其的物质上、技术上的帮助，亦很可观，苏土的友谊，本来也是十分亲善的。这一层，当然会使英法不得不起疑虑，而加以预防。

其次，则罗马尼亚之倍萨拉媲亚，苏联始终认为不属于罗国之失地。若仿苏德瓜分波兰之成例，来瓜分罗马尼亚，事实亦很可能，所以一般观察者，总以为继波兰、芬兰之后，而将被苏德牺牲者，当为罗马尼亚。

这巴尔干两国，对苏德之关系，原属可虑，然我们却敢断定，在目下，苏德决无余力，来向巴尔干用兵。一般猜测，都系杞忧。

理由是很简单。土耳其民族主义高涨，国内团结一致，伊势抹脱·伊内奴之毅力与决心，断不比已故之凯末尔为较弱；苏联当然对此点也看得很清，与对芬兰之态度，决不至于一样，此其一。

再则，巴尔干各中立小国之联盟，土耳其对伊朗、阿富汗等国在宗教上之联系，亦足以威胁苏德而有余；英法的后盾，更无论矣。

至于罗马尼亚问题，虽较土耳其为危险，因德对罗之物质供给（尤其是汽油），视为生存必须品之一；然而苏联与意大利两国，对德亦岂能任其所为；吾人但以此次墨索里尼与希特勒之会谈，及罗王赦免国内纳粹系之铁卫团两事来遽下判断，未免对国际关系，看得太简单了。

所以，对罗马尼亚的将来，说它会变成亲德结苏，以勉求己身之不被瓜分则可；若说德苏意三国连成一气，马上会向罗马尼亚下屠刀，则事属必不可能。这其间，尚须看英法的外交与实力，以及美意两国的意向如何，方能定局。

在这里，因赦免铁卫团事，而顺便不得不提一提的，却是罗马尼亚王加罗尔二世的家事。原来加罗尔二世，因恋一犹太妇人来泊斯扣之故，一时曾被迫出国，而让王位于其幼子。一九三〇年，因其弟尼哥拉斯与曼牛等之助，始能复国。亲王尼哥拉斯，原系纳粹，系铁卫团首领之一，于一九三八年被放逐出国者。此次罗王赦免铁卫团，当与尼哥拉斯有关的无疑。特附记这一段经过于此，或亦可作将来罗马尼亚国内政起伏的参考。

（原载一九四〇年三月二十一日新加坡《星洲日报·晨星》）

古登白耳希的发明活字纪念

自从德国印刷业者约翰内斯·古登白耳希于一四四〇年（一说一四五四年）发明了廿六活字的印刷术以来，到今年整整的有了五百年的历史。所以，今年是活字印刷术发明以后的五世纪纪念的年代，欧洲各国当然都有文字纪念这一位文化传播者的丰功伟德。但在我们东方人的眼里，却以为古登白耳希的发明，并不稀奇。因为欧洲也有考古学家在证说中国人的发明活字，远在古登白耳希之前。这活字印刷术，由中国传至朝鲜，然后由朝鲜再传至欧洲，因而古登白耳希心机一动，就模仿着发明了那可以移动排列的二十六个活字。

总之，不管活字的发明，是否以中国为第一（这事当然是与火药的发明一样地，对世界文化会有绝大贡献），可是自经古登白耳希的廿六活字的印刷发明以后，欧洲的文化，的确起了一个大革命。

第一，因活字排版的《圣经》流通以后，宗教革命的起因，就伏线于此了。

第二，因宗教改革之后，而附带起来的政治革命、文化革命，由中世纪的大黑暗时代，一变而为近世的开明时代，其起因也不得不归功于这活字印刷术的应用。

再进一步，由这木刻活字的发明，而到了现代的铅字联排或自动排字机的改进，世界的文化就由启蒙而及于大成了。再说我们的一生，自小学以至于大学，及至由大学而入社会，差不多无一时期离得了印刷品的应用。近代文化人的每日食粮中最重要的报纸，更是我们不可或缺的一种精神营养的血液。至于宣传战的纸张，且一致被认为比子弹炮弹更为有效，更必须的东西了。

所以，印刷术的有助于文化，有益于人类，是如此如此。而一个最滑稽的现象，却是到了这一个时代，与古登白耳希同样地在德国，还有一个人名希脱勒者，在开倒车，烧书报，逐学者，打算以炮火来代替书册。

这一个活生生的讽刺，英法两国的写作人都在当作了好材料，而赶写滑稽有趣的文章。实实在在，古登白耳希若在他的故乡的曼恩兹地方，要立一纪念铜像的话，则那位蓄有卓别林小胡髭的油漆匠，应该被铸成一个铁像，跪在他的像前，如汪逆铁像在总理像前的一样。

最后，让我们介绍一下这一位古登白耳希氏的简短历史于此。约翰内斯·古登白耳希，于一三九八年生于德国的曼恩兹，卒于一四六八年。曾与约翰·富世脱合股，经营印刷事业。后因亏折，两人间曾发生过讼事。古登白耳希其他的事迹不详，由其所发明之活字印行的书籍，著名者有三十六行之《圣经》，与四十二行之《圣经》（即世所称之《麦查兰圣经》）。这两种《圣经》的犊皮纸本，在一八七三年代，每册的价钱，曾有过三千四百镑的纪录。还有一种拉丁字典，名《加沙力贡》者，初版本在一九二〇年竞卖，一册曾售至九百六十镑云。

（原载一九四〇年三月二十四日新加坡《星洲日报星期刊·文艺》）

今年的"三二九"纪念日

"三二九"纪念日，谁也知道是为纪念黄花岗七十二烈士，于民国纪元前二年在广州起义殉国之故而设定的。自民国成立以来，年年此日全国各地的举行纪念，都非常盛大，尤其以广州未沦陷以前的这一日的景况为最盛。

笔者曾在广州躬逢过这盛大的纪念日两次。每年到这一日，不论晴雨，广州北郊，自北门小北门起至黄花岗的数公里路上，几乎全为热烈纪念烈士的群众们所填塞。车水马龙的四字，不足以形容出这群众热烈参加纪念行列的景象。

途中的沙河镇上，在这一日销售的沙河粉的数量，据说要占全年的销售额三分之一。

但是，这一个创造民国的烈士的埋骨之区，现在是已为敌占了。我们当向空遥祭，血泪交流地在默念的几分钟内，切齿痛恨的情绪，又岂是三言两语所能道尽？

痛恨之中，尤觉得切齿的，是号称这些烈士的同胞之中，竟有一个生长在烈士们埋骨之乡的汪逆，也正在乘这一个时机，上伪京去组成了出卖党国、出卖民族子孙的伪府。

为纪念先烈之故，我们更要踏着先烈的血迹，加强抗战的决心，出钱出力，为建国的后盾，固无容更说。但今年的这一纪念日内，我们觉得还更不得不多增加一个重要的任务，这就是要尽我们的全力及粉碎汪逆的破坏我们抗建的阴谋。诚然，南京的傀儡戏，无论在国际友邦的眼里，或在我国同胞的心目中，是完全不值得一提的虫鼠狗彘的行为。可是敌人的必欲制造这一伪府，想用以来作剥削我民众，欺骗我同胞，分散我们力量的爪牙之计，却是亡我国灭我族的一个最毒辣的阴谋。假使此阴谋，而有一分半分的成功，则沦陷区的收复，敌人的经济产业的崩溃，以及兵种的枯竭等绝症，至少至少必有一二年的残喘，可以苟延下去。这就是说，我们的抗战最后胜利，必要迟一二年，方能到来。我们的抗战最后胜利，是固定的事实，当然是毫无疑问的，所争的就是时日迟早的问题。

所以，当今年这一个七十二烈士的纪念节日，我们于国民公约中所指的种种应尽的职责之外，更不得不加重一层粉碎伪中央阴谋的责任，理由就在这里。

胜利的曙光，已经在望了。而道高一尺，魔高一丈，敌人在这一个临终的生死之际，必更有一次回光的返照，加紧的进攻无疑。像南京伪府的组成，还不过是小小的一个毒例，我们的抗建精神，在这里自然也就不得不更加振奋了。但愿我们都能不污辱七十二烈士之灵而努力迈进！

（原载一九四〇年三月二十八日新加坡《星洲日报·晨星》）

《教育》周刊发刊辞

　　从今天起，每逢星期日，我们决定编印《教育》周刊一次。我们的目的，是在想尽我们的绵力，对于教育的理论和实际，来下一番研究。

　　大家都知道，教育是百年树人的大计，是一国家一民族兴盛与衰亡所系的根本问题。无论政治、军事、经济、健康、学术、文化，等等，没有一事，不须求助于教育，完成于教育的。

　　中国的国运中落，致受强邻欺压，到目下的境地，推源祸始，实在也是过去教育的不良，有以致之。在专制政体没有推翻以前，君主们只想使天下英雄尽入吾彀中，所施的是去势教育，自然可以不必提起。就是到了革命成功以后，三十年来的中国新教育，也因为当局者的不明教育的真谛，或则以学校为扩张政治势力的背景，或则以学生为争取个人地盘的工具，致师道无存，而所学所授的都是皮毛。所以结果大家对于西洋的物质文明，只知道享受，而不知道创造，对于中国固有的精神文化，只笑为迂腐，而不知道遵行。

虽则在清季亦有张之洞之流，提倡过中学为体，西学为用之说，而实际上也兴办了许多工厂学校，以造就新的人才（辛亥革命之所以能成，实际所受的却是张之洞的影响），可是三十年来，这说法早就被笑为荒诞，已经没有再谈起的人了。

抗战军兴，我国家民族，于屡弱之余，还能卖身挺战，致号称世界一等强国之顽敌，陷入污泥沼里，不能自拔；中枢鉴于精神力量的远胜于物质，所以最近也岌岌乎唯振兴教育，培养民气之自务，首领的屡次告诫，都以古人的设教精神，为我们的模范。远则如德智体群四育并重的孔门学说，近则如曾国藩教子弟的躬行实践的修养程序，无非想从教育着手，来改建我们的国家，重振我们的民族。

大家都知道，立国在这物质文明进步极速的时代，第一，自然须注重科学，使科学精神，能流幂在社会的各阶层与各种事业之上。但是人格的修养，精神的健全，是创造物质运用物质的根底。所以对于甄品励行的一点，在目前尤觉得比什么都还重要。当局的所以要创立复性学院，文化书院等新学府的用意，大约也就为此。

可是，在这里须辨别清楚的，是当局所定的计划，目的全在维新，并不是在复古。世界的潮流，只有向前进的一个唯一的方向，决没有往后退之理。我们只能说，以前走错了几分的路，现在想把它纠正过来，并不能说，从前走错了，现在还是走回头去。

因此，我们的这一栏研究教育的园地，也是想把古今中外的凡有关教育，而能使我们进步的材料，全部收罗。古人的学说，今人的著述，国内教育的现状，马来亚或南洋全部侨教的动态，大则一国一地的教育施政方针，小则一教员一学生的个人感想，只要是有关教育改进的来稿，我们都一律欢迎。不过篇幅有限，长篇巨著，势难登载，所以务望投稿诸君，能提纲挈领，撷取精英，撰成短稿以见惠。

《教育》周刊，从今天开始刊行了，希望读者作者，都能与我们来合作到底，使这一片小小的园地，得有盈仓满庾的丰收。

（原载一九四〇年四月七日新加坡《星洲日报星期刊·教育》）

傀儡登台以后的敌我情势

南京傀儡登台以后，于我的抗战到底的既定国策，于敌的速制和平，希图自拔的阴谋诡计，完全没有什么影响一事，我们已经再三说过。而敌阀及敌国议员之中，也有早见及此，自己在说傀儡们并不能发生多大作用的话。至于国际间呢，除不为内阁及议院所公认的英驻敌国大使，有模棱两可的声言以外，如美国、法国等，都曾正式有过声明，不承认这以武力制造，破坏公约的伪府。

既然是这样不中用的一群丑类，那么，敌军阀为什么偏要出四千万元的代价，买他们登台呢？这当然是有理由的。

第一，那四千万元收买金，本来是我国的关余积存之款，是敌军阀们群思染指，而各不敢一个人私吞的巴里的苹果。所以，借此机会来投一下机，做一次大家可以分赃的买卖，岂不一举而两得？何以见得这一举是敌阀的投机呢？

大家且看吧！今后的傀儡们唯一的任务，就是在欺骗中国民众，向民众搜刮，而去分别报效日军阀的私囊，这是一定的事实。私的报效了之后，还要对公的加以献金。所以有人在说，只恐怕傀儡们的政治弄得好好，我们沦陷区的民众为他们骗去，那就正中了敌阀以华制华的毒计。可是，对此一杞忧，我敢担保，傀儡们的贪污剥削与无理，将远在中国任何一期的最恶政府之上；要望傀儡们有澄清的政治，是万万不可能的。

第二，敌国国内经济崩溃，产业界破产，兵源断绝，因恶性通货膨胀，乱发赤字公债，无理增税之故，人民生活陷于极度不安，且食粮不足，频年荒旱，是我们大家周知的实情。所以，今后敌人的侵略，是不能再以兵力而来大举入寇了；到此山穷水尽之际，自然只能利用傀儡们而以政治来进攻。我们首领所说的，傀儡上台，是敌人最后的一着棋子，实系千真万确的名言。

我们且看吧，敌人利用傀儡的政治进攻，将自闽浙两省开始，渐而深入于两广苏鲁；其程序将不外乎是先行挑拨离间，利用游说收买政策（即所谓以利诱），此而不灵，然后将联合敌伪攻略些不关大局的小地（即所谓以威胁）。这就是傀儡们在今年之内所预定的计划。

最后，我可以断定，傀儡们的命运，至多不过两年。因为在这一两年之内，首先群丑将因争骨而起内讧，其次则敌阀将也因看穿了傀儡们的无用而不予以支持；若再加以我们的加紧反攻，与国际间的对敌压迫，则两年之内，寇军自身且将不保，又何以能顾及卵翼下的傀儡？

（原载一九四〇年四月九日新加坡《星洲日报·晨星》）

欧战扩大与中国

欧战发动了七八个月，弦上之矢，终因英法的加紧封锁，而使纳粹疯徒不得不下最后的一次孤注。德舰向丹麦、挪威进攻，挪威发炮还击，一面将首都迁至哈玛，是欧战第二期真刀真枪相见的序幕。

野蛮的日耳曼人不守公法，不尊重中立法规，事不自今日始的。第一次欧洲大战时，就曾放过毒气，用过达姆弹，侵入过比利时。这一次战事发生后，中立国的船只惨被击沉的，已经不止一次两次。德国这种野蛮的行为，若要寻对偶，只有日本的军阀们了。日阀们的追击英国驻华大使，炮击巴纳号，就是可以与德国媲美的行动。

这次德国的向北欧进攻，取的当然也是先下手为强，速战速决的战略。可是北欧各国，比不得波兰，德国的多树敌人，分散战线，当然是自取灭亡的下策。它的用意，当然是在威胁中立各国，使不附英法而为己用，如巴尔干的各小邦，就是它示威的对象；

但是这一种野蛮行动的结果，恐怕终于不会逃出世界正义的最后裁判。这一次德国的失败，无疑地将与它第一次世界大战时蹂躏了比利时的中立的结果一样。

德国的这一种狗急跳墙的疯狂行为，当然是与东方的侵略国敌寇是有事先的默契的。敌寇海军的结集厦门一带，其目的当然不仅在向美国的海军演习作反示威而已；它的目的，同时是在向英法示威，而使英法的封锁网，终不能完成。

德国若可以有这最后孤注一掷之举，则敌寇何尝也不可以于南京傀儡登台的这前后，再来一次最后的大举进攻。我们已经屡次说过的，敌寇或将向闽浙两广，加强攻略，因以遮掩绥西桂南大败之羞，而间接亦可以壮一壮傀儡政府之胆。这预测恐怕会在不久之后而适中，我们且看阿部到南京部署定后的行动吧！

（原载一九四〇年四月十二日新加坡《星洲日报·晨星》）

为己与为人

英大儒培根说，为学是有三种作用：一，是为一己私自的快乐；二，是为了对人作装饰，如有辩才之类；三，是为了修得能力，可以应世处理事务。

而孔子之说为学，只分作为己与为人的两类；照孔子之意，为己是为了自己的德业，不必广求人知（人不知，而不愠）的意思。为人则是专务表面夸耀的事情了，这是不对的。

古人都把夸耀他人，徒务虚名的事情，看作不是为学的本意。英国斯宾塞论教育，亦以一般人有将教育、教养，当作装饰品看的天性，以为是野性的遗留。譬如对土人，赠以食物（系人生必需品），远不如赠以贝壳珠钻等装饰品来得喜欢，就是人性喜浮夸之一端。

但我们的解释，则为人两字，应从好的意义方面来解说，就是说，我们求学问，一面原是为了想增进自己的德业，一面原也是为想服务于社会人类。孔子也曾说过，"学而优则仕"，仕是为社会国家，当无疑义。又说："君子学道则爱人，小人学道则易使也"，爱人是爱及于人，易使是易为人用的意思。

所以，我们的为学目的，当然第一是在修己，同时第二也是在为人服役；不过此地所说的为人，并非如孔子所讥讽的只图夸耀于人，求知于人的那种虚浮浅薄的欲望而已，是实实在在为国家社会人类服役的意思。

（原载一九四〇年四月十四日新加坡《星洲日报星期刊·教育》）

敌寇政治进攻的两大动向

敌人利用汉奸，成立傀儡政府，想实现以华制华，以战养战的恶毒计划；因知道了用兵力来征服全中国，是无论如何也办不到的事情，所以敌阀最近就趋向了用政治进攻的手段。最近，看敌国的各大杂志，及各大政治家所著的言论，综合起来，大约他们的目标有二。

一，是利用傀儡政府，来和我们的中央政府，争取民众。他们把民众，分成三种。即一，是甘心附逆的汉奸们；二，是对于国家民族，认识不甚精确，或苦于久战，不能解决生活的中间层分子；三，是抱抗日到底决心的真正中华民国的国民。对这三种民众，第一种和第三种，是不成问题，都无可挽回的；所以他们现在在竭力争取的，就是第二种的游移分子。

二，是通过傀儡政府，不惜用任何手腕，来破坏我们的法币信用。敌阀们也知道，联银券和华兴券是不够和法币在沦陷处竞争的；

所以现在就想用更毒辣的手腕，更雄厚的力量，来制造出一种可以与法币对抗的货币券出来，以达到使法币失效，而民众不得不对我中央发生怀疑的目的。

这两个政治进攻的目标，第一个当然是会失败；因为我们知道，即使是游移分子，只教稍有血性的同胞，是无论如何也不会倾向到敌人一方面去的。而那些志趣不足，操守毫无的人呢，早已走上了出卖国家民族的道路了，今后改向的人，恐怕不会得再有多少。

至于破坏法币的经济阴谋呢？却多少是要我们想法对抗一下的；不过征之于过去三年的敌人的政策，则我们的壁垒，也异常的坚强。即使没有英美的援助，我们的法币，也并不是轻易能被摧毁的；这只须一看沦陷区民众，尚且对法币有极端信仰的一点上来一看，就可以知道。

况且，对此毒计，我中央也早已有备，到了敌寇精疲力竭的现在，来重兴这一经济战争，其势早已成了强弩之末，决不能同在两年前一样的足以威胁我们的。

所以，我们的抗战，无论在政治上，经济上，此后正有一个比在军事上还要紧张的时期；但这一时期我们的能安然度过，是毫无疑问的，过此而后，便是最后胜利到来的日子了。

（原载一九四〇年四月十八日新加坡《星洲日报·晨星》）

侵略者的剿灭文化

在最近伦敦《泰晤士报》的文艺附刊上，看见有下列的两个消息：

一，三月九日《文艺周刊》消息栏：美国自由文化协会，曾以一千镑赏金，奖给在德国境外各流亡作家所著之德国文学书中去年最佳之作品。这奖金，为居住曼彻斯泰之德流亡作家亚诺儿特·盘代氏所得。审查委员会系在汤麦斯·曼主持之下所审定；委员中有里翁·福希脱房轧氏、勃罗诺·弗兰克氏、亚儿弗来特·诺衣曼氏及罗道儿夫·奥儿藤氏等，都系被纳粹逐走之德著名作家。盘代氏得奖之小说，为以瑞典作背景之政治小说，系氏之第一部作品。盘代氏旅居英国六年，当希特勒未当权之先，系德国西部一民主主义日报之投稿者。该得奖小说之出版处，在欧美两地，正在进行谈商中。

二，三月十六日《文艺周刊》消息栏：据国会图书馆东方部长亚赛·罕美儿博士所谈，现有数万千之中国古版书籍及未印之手写稿等，大量在向美国输入。其中有不少为数世纪来所罕见及未被发现之珍本。此等书籍，大部系从东四省及中国西北部售出，因收藏者恐被日寇掠去，而使文化种子绝灭，故咸愿以低价售给能负责保藏之美国图书馆内；因一经美国保存，此项珍品，将来始有公开供给研究或再作影印之希望。

读了这两项消息，我们就可以看出黩武穷兵的军阀，是如何的一种动物。而东西一例，侵略国家会同时同样的作剿灭文化的刽子手，也是一件奇事。

但是，文化是不会被暴虐者灭尽的，同人类的不会尽被侵略者虐杀净尽是一个样子。秦始皇在焚书坑儒之后，也还有伏生的口授经籍，孔壁的埋藏孤本，结果，独裁者终传不上二世，而中国文化却已传下来到现在有了五千年的光荣历史。

侵略者，譬如是野火，被侵略的文化譬如是长江大河的流水，水流决不会绝塞，被火烧得沸了，反会得跃出流程，来消灭火种。

这一譬喻，可以用之于文化，也可以用之于侵略者和被侵略者的战争，史绩俱在，这是决不会错的定理。

（原载一九四〇年四月二十一日新加坡《星洲日报星期刊·文艺》）

抗战现阶段的诸问题

我们的国策，自抗战开始之日起，就已经决定了的；不，或者再进一步说，是在未抗战以前，就决定了的。抗战的最大目的，当然是在求我民族的自由解放，与国家的独立完整，为达成这目的之故，首先必须将侵略我的日本帝国主义打倒。

要想打倒侵略我的日本帝国主义者，我们对内，只有集中意志力量，精诚团结，使无一点间隙可乘；对外，只有联合凡能助我的国家，或精神上、物质上对我表示同情，于我有利的无论哪一友邦，共同奋斗。

至于我们的策略呢，是长期持久，空室清野，以空间换时间，积小胜为大胜。中途决不言和，绝无妥协，违反者就是汉奸。

凡以上所说各点，是谁也知道的抗战常识，本来是并不须要再提的。但是直到最近，我们无论在祖国与在星洲，都听到了一种国共磨擦的宣传，甚至还有人在提倡，说制造磨擦，有时候，也属必要，所以现在先从团结问题说起。

我们是为了抗战，所以才开始团结这一事实，是谁也明白的；而且只有团结了之后，才有力量抗战这一常识，也是谁都知道的。抗战军兴之后，不但国共携手，枪口一致朝向了外，就是从前与中央不一致的中国青年党、社会民主党、国家社会党等，也都精诚团结起来了，我们抗战中国的统一与团结，到了苦战将近三周年的现在，还有什么问题，还有什么其他的第二句话好说呢？

要知道国共磨擦这一口号，原是敌人制造出来的；你们且试去看一看敌人发行的倭字新闻纸，及在敌人势力下的中文伪机关报就可以知道；他们没有一天，不在大吹大播，宣传国共的行将分裂，重庆中央统一的势将不保。我们自己，若也来受了他们的宣传，而附和其说，岂也不就成了与敌人为伍的奸人？

并且，即使国共之间，有了些须磨擦，但站在中华民国国民的立场上来说话，我们总只希望这磨擦会减少，会消灭，以收精诚团结的实效。决不应该来过事宣传，或夸大其辞，或鼓励忿恚，使这磨擦日见扩大起来的。制造磨擦，有时候亦属必要等论调，当然不是中华民国的国民所忍说的话。

其次再说联络友邦，共同奋斗的这一方面。敌人在反英，敌人卵翼下的伪组织在反英，是天天在报上都可以看见的事实。在抗战建国的现阶段，我们站在中华民国国民的立场上，也应该反英么？

英法和德的战争，不管它的性质如何，我们难道一定要希望敌人的同盟国胜利的么？法西斯独裁国，敌人的同盟国胜利了之后，于我们还是有利的呢？还是有害的？

我们应不应该先置祖国抗战于不顾，就跑到德国去投军，而帮德国打倒了英法再说话？

英国驻重庆的大使夫人，在放映电影、募款而援助我国的难童，我们对此还是要予以赞助的呢？还是要予以破坏？

我们应该知道，援助我们敌人的敌人，就是援助我们自己。为援助我们自己之故，我们才有时需要援助他人。反过来说，帮打敌人的敌人，岂不就成了打击我们自己？

革命者应该看准现势，善用策略，不应该株守了陈腐的或幼稚的理论，来指导动作。革命的目的，是在成功，不是在白白的牺牲，而造成几个英雄。这些是在抗战的现阶段，我们所应有的信念。

再其次，要讲到祖国实际的抗战形势了。我们的战略，在持久，在消耗敌人的兵种与资源。我们的反攻，不必要一定占领几个城池，只求消耗敌人的兵力财力，而搅乱它的后方，断绝它的交通，所以，围攻一地，并不必要速战速决，这是一点。

我们的反攻，是对敌人进行的抵抗，我们的目的，是在设法使敌人消失进攻的能力之后，才一举而收到胜利，这又是另一点。

最后，是敌人的政治进攻，与经济进攻的对抗。争夺民众，敌人与汉奸决不如我之确有把握。敌人破坏我法币的工作，无论它做得如何起劲，目的终于也不能达到。我们的法币外汇跌价，自是一种经济战略；以后也许还要再跌，跌至两便士的程度；但法币的信用，仍是可以维持的，我们将自动使法币对外汇跌价，跌至敌人所收买的法币，不能发生多大效用的程度。目下，敌人所发行的华北联银券五万万元，及上海华兴券五百万元，在名义上虽则是和日元联系，对外汇率应与日元一样，但在事实上，则非要换成中国法币后，才能购买中国的外汇，就是我们要使法币对外汇率跌下去的一个原因。敌人与伪逆等，看到了前此这破坏法币的工作失败之后，现在正在计划发行一种不与日元联系，以关余作准备金的伪中央币出来，以抵抗法币；但无论这计划的能否实现，我中央却早已事先准备，定下了抵制的方法了，军政经各部联合起来的封锁委员会的设置，不过是这经济抗战的一个开端，今后的在沦陷处内外的物产集散，货币进出，以及购买外汇的再统制等，大约不日将有中央制定的整个计划发表，在这里可以不必说了。

（此稿系在数日前写就，后来接外来稿件，如洪令禹先生、欧阳健先生等的论文，论旨大抵相同，故将此稿搁起。现在欧西战事，又变一局面，大约纳粹疯狂，已到了最后关头，势将在荷比受到很大的打击，因而欧战结束期，恐将不出今年年底。欧战结束，则我国抗战形势，自当一变，大抵情形，当在两三月内可以见到，现在暂且不提。）

（原载一九四〇年五月十五日新加坡《星洲日报·晨星》）

华中大捷与色当战役

这一次敌以七个师团的大军，分三路向我襄樊进扑，三路败绩，死伤在五万以上，演成我军自台儿庄、昆仑关以来之再度大捷。捷报飞到上海，致我国币骤涨，敌币外汇暗市大跌，敌方证券，更惨跌至不可收拾。但这华中大捷的消息，在马来亚，因正与纳粹狂侵，荷、比、卢中立消息同时传来，故反应还不见得十分狂烈；而在中国各地，却已都在庆祝欢呼，计日围攻武汉三镇了。

当然，这次的大捷，我们承认还不是最后的决战。不过从人心的奋发，与给与敌人军民的动摇打击一点上来说，则这一次鄂北豫南之役，确是使敌人全线总崩溃的一个前奏。

今后我们若能在两广及晋北等地，再来像这样的几次歼灭捷战，则敌人的反战潮，与国内的不平分子，就将一齐起来，打倒敌阀无疑。这事也许在今年年内可以出现；也许要到明年春夏之交，才会发动。总之，敌人的兵力，已到再衰三竭的边际，此后将丧失尽大举进行的能力了。我们的最后胜利，自然因此一捷，而又接近了一步。

从东亚来看欧洲，德国或可以攻进法国，而至巴黎的近郊，但两方的决战，恐怕将仍在莱姆斯与圣昆丁之间。德军若不败则已，若一有败象，则如冰山立倒，将至一蹶不能复振。所以，我们以为欧战结束，或可以不出今年年内。

英法是决不会完全溃败的。即使是意大利参加入了战争，但在西线及法国境内，联军总能转败为胜，打击德国。

我们预料欧战结束，会比中日战事结束得早，就因为德国在今后，决不能再维持到一年以上。

至于荷印呢？当然是没有问题的，中国已在替荷印拉住敌寇的泥足了。就是没有美国太平洋舰队和苏联远东军及远东舰队的威胁，敌寇已经到了精疲力竭、动弹不得的境地。

况且敌寇胆怯如兔，决没有纳粹狂徒等的魄力，要它同时与一国以上的国家交锋，就在平时，尚且不敢，何况更在中国消耗了实力百分之六十的现在。

所以，我们认为意大利的参战与否，与欧战大局的关系还不大；不过因意大利的一动，而使美国与苏联也同时撑起腰来，那时的世界大局，才有一个大大的变动。

（原载一九四〇年五月二十二日新加坡《星洲日报·晨星》）

敌我之间

因为从小的教育，是在敌国受的缘故，旅居十余年，其间自然有了不少的日本朋友，回国以后，在福州、上海、杭州等处闲居的中间，敌国的那些文武官吏，以及文人学者，来游中国，他们大抵总要和我见见谈谈。别的且不提，就说这一次两国交战中的许多将领，如松井石根、长谷川、阿部等，他们到中国来，总来看我，而我到日本去，也是常和他们相见的。

七七抗战事发，和这些敌国友人，自然不能再讲私交了；虽然，关于我个人的消息，在他们的新闻杂志上，也间或被提作议论。甚至在战后我的家庭纠纷，也在敌国的文艺界，当成了一个话柄。而在《大风》上发表的那篇《毁家诗纪》，亦经被译载在本年度一月号的《日本评论》皇纪二千六百年纪念大特辑上。按之春秋之义，对这些我自然只能以不问的态度置之。

这一回，可又接到了东京《读卖新闻》社学艺部的一封来信，中附有文艺批评家新居格氏致我的一封公开状的原稿。编者还再三恳请，一定要我对新居格氏也写一篇同样的答书。对此我曾经考虑得很久，若置之不理呢，恐怕将被人笑我小国民的悻悻之情，而无君子之宽宏大量；若私相授受，为敌国的新闻杂志撰文，万一被歪曲翻译，拿去作为宣传的材料呢？则第一就违背了春秋之义；第二，也无以对这次殉国的我老母胞兄等在天之灵。所以到了最后，我才决定，先把来书译出在此，然后仍以中文作一答覆，披露在我自编的这《晨星》栏里，将报剪下寄去，庶几对于公谊私交，或可勉求其两全。

现在，先将新居氏的公开状，翻译在下面。

寄郁达夫君

我现在正读完了冈崎俊夫君译的你那篇很好的短篇小说《过去》，因此机缘，在我的脑里，又展开了过去关于你的回想。

与你最初的相见，大约总有十几年了吧。还记得当时由你的领导，去玩了上海南市的中国风的公园，在静安寺的那闲静的外国坟山里散了步；更在霞飞路的一角，一家咖啡馆里小息了许多时。

在这里，你曾告诉我，这是中国近代的知识界的男女常来的地方，而你自己也将于最近上安徽大学去教书。

我再问你去"讲的是什么呢？"你说"将去讲《源氏

物语》，大约将从《桐壶》的一卷讲起吧！"直到现在，也还没有完全读过《源氏物语》的我，对你的这一句话，实在感到了一种惊异，于是话头就转到了中国的可与《源氏物语》匹敌的《红楼梦》，我说起了《红楼梦》的英译本，而你却说，那一个英文的译名 Dreams of Red Chamber 实在有点不大适当，我还记得你当时所说明的理由。

数年前，当我第二次去上海的时候，听说你已移住到了杭州。曾遇见了你的令兄郁华氏，他说："舍弟在两三日前，曾由杭州来过上海，刚于昨天回去。他若晓得你这次的来沪，恐怕是要以不能相见为怅的。"

但是，其后居然和你在东京有了见面的机会。因为日本的笔会开常会，招待了你和郭沫若君，来作笔会的客人，我于是在席上又得和你叙了一次久阔之情。

中日战争（达夫按：敌人通称作"日支事变"）起来了。

你不知现在在哪里？在做些什么？是我常常想起的事情。人与人之间的感情，是不会因两国之间所酿成的不幸事而改变的。这，不但对你如此，就是对我所认识的全部中国友人，都是同样的在这里想念。

我真在祈祷着，愿两国间的不幸能早一日除去，仍如以前一样，不，不，或者比以前更加亲密地，能使我们有互作关于艺术的交谈的机会。实际上，从事于文学的同志之间，大抵是能互相理解，互相信赖，披肝沥胆，而率真地来作深谈的；因为"人间性"是共通的问题。总之，是友好，日本的友人，或中国的友人等形容词，是用不着去想及的。

总而言之，两国间根本的和平转生，是冷的人与人之间相互信赖的结纽，战争是用不着的，政策也是用不着的。况且，在创造人的世界里，政策更是全然无用的东西，所以会通也很快。

老实说吧，我对于二十世纪的现状，真抱有不少的怀疑，我很感到这是政治家的言论时代。可是，这当然也或有不得不如此的理由在那里。那就足以证明人类生活之中，还有不少的缺陷存在着。但是创造人却不能放弃对这些缺陷，而加以创造的真正的重责，你以为这话对么？郁君！

于此短文草了之顷，我也在谨祝你的康健！

新居格

致新居格氏

敬爱的新居君，由东京《读卖新闻》社学艺部，转来了你给我的一封公开状，在这两国交战中的今天，承你不弃，还在挂念到我的近状，对这友谊我是十分地在感激。诚如你来书中之所说，国家与国家间，虽有干戈杀伐的不幸，但个人的友谊，是不会变的。岂但是个人间的友谊，我相信就是民众与民众间的同情，也仍是一样地存在着。在这里，我可以举一个例，日本的有许多因参加战争而到中国来的朋友，他们已经在重庆，在桂林，在昆明等地，受着我们的优待。他们自动地组织了广大的同盟，在演戏募款，营救我们的难民伤兵，也同我们在一道工作，想使真正的和平，早日到来。他们用日本话所演的戏，叫做《三兄弟》，竟也使我们的同胞看了为之落泪。新居君！人情是普天下都一样的。正义感，人道，天良，是谁也具有着的。王阳明先生的良知之说，到了今天，到了这杀伐惨酷的末日，也还是颠扑不破的真理！

日本国内的情状，以及你们所呼吸着的空气，我都明白；所以关于政治的话，关于时局的话，我在此地，可不必说。因为即使说了，你也决计不会看到。不过有一点，我可以告诉你，中国的老百姓（民众），却因这一次战争的结果，大大地进步了。他们知道了要团结，他们知道了要坚苦卓绝，忍耐到底。他们都有了"任何牺牲，也在所不惜"的决心。他们都把国家的危难，认作了自己的责任。因为战争是在中国的土地上在进行。飞机轰炸下所丧生的，都是他们的父老姊妹。日本的炸弹，提醒了他们的国族观念。

就以我个人来说吧，这一次的战争，毁坏了我在杭州在富阳的田园旧业，夺去了我七十岁的生身老母，以及你曾经在上海会见过的胞兄；藏书三万册，以及爱妻王氏，都因这一次的战争，离我而去了；但我对这种种，却只存了一个信心，就是"正义，终有一天，会来补偿我的一切损失"。

我在高等学校做学生的时代，曾经读过一篇奥国作家 Kleist 做的小说《米舍耳·可儿哈斯》，我的现在的决心，也正同这一位要求正义至最后一息的主人公一样。

你来信上所说的"对二十世纪现状的怀疑""人类生活还有很多的缺陷""我们创造者应该起来真正补足这些缺陷"，我是十二分的同感。现在中国的许多创造者们，已经在分头进行了这一步工作。中国的文艺，在这短短的三年之内，有了三百年的进步；中国的知识阶级，现在差不多个个都已经成了实际的创造者了。你假使能在目下这时候，来到中国内地（战地的后方），仔细观察一下，将很坦白地承认我这一句话的并不是空言。

中国所持的，是地大物博，人口众多；所差的是人心的不良。可是经过了这次战争的洗礼，所持的更发挥了它们的威光，所差的已改进到了十之八九。民族中间的渣滓，已被浪淘净尽了；现在在后方负重致远的，都是很良好的国民。

中国的民众，原是最爱好和平的；可是他们也能辨别真正的和平与虚伪的和平不同。和平是总有一天会在东半球出现的，但他们觉得现在恐怕还不是时候。

新居君！你以为我在上面所说的，都是带着威胁性的大言壮语么？不，决不，这些都是现在自由中国的现状，实情。不管这一篇文字，能不能达到你的眼前，我总想将现在我们的心状、环境，对你作一个无虚饰的报道。一半也可以使你晓得我及其他你的友人们的近状，一半也可供作日本的民众的参考。看事情，要看实际，断不能老蒙在鼓里，盲听一面之辞，去上"民可使由之，不可使知之"的老当。

最后，我在日本的友人，实在也是很多；我在前四年去日本时所受的诸君的款待，现在也还历历地在我的心目中回旋。尤其是当我到了京都，一下车就上了奈良，去拜访了志贺直哉氏，致令京都的警察厅起了恐慌，找不到他们要负责保护的旅客一层，直到此刻，我也在抱歉。

因覆书之便，我想顺手在此地提起一笔，敬祝那些友人们的康健。至于你呢，新居君，我想我们总还有握手欢谈的一天的。在那时候，我想一切阻碍和平，挑动干戈的魔物，总已经都上了天堂或降到地狱里去了。我们将以赤诚的心，真挚的情，来谈艺术，来为世界人类的一切缺陷谋弥补的方法。

郁达夫

　　（附言：正当此文草了之际，我却接到了林语堂氏从故国寄来的信。他已经到了重庆安住下来了；不久的将来，将赴战地去视察，收集材料，完成他第二部的大著。他的《北京的一瞬间》，想你总也已经看过；现在正由我在这里替他译成中文。翻译的底本，是经他自己详细注解说明过的。我相信我这中译本出世之后，对于日本现在已经出版的同书的两种译本，必能加以许多的订正。）

　　　　　　　　　　　（原载一九四〇年六月一日、三日
　　　　　　　　　　　　新加坡《星洲日报·晨星》）

意大利参战与敌国

欧战已转入第二阶段，德军与英法军在巴黎外围将行决战的前夕，最大的问题，自然是意大利参战的时日问题。假使巴黎外围战而旷日持久，于德不利的话，则意大利的参战，自然可以给与将崩溃的纳粹德国以许多威势，而法国有受夹击的可能。假使意大利的参战，而目的只在地中海、非洲的法属各地，以及苏伊士运河的控制，则法本国的战局影响还少一点，但军心也不免要动摇一下。

但笔者仍始终抱有英法联军必胜的信念，即使意大利在今明宣布参战，英法军必将背城借一，更加奋发起来，哀兵制胜，是兵家的定论。所以我们对于欧局，总仍旧抱着乐观的态度。

现在我们所应顾虑到的，倒并不是在欧局。第一，我们且首先须想一想，意大利若参战之后，我们敌国将取怎么样的一种态度？

敌经济使节团在罗马，和墨索利尼会不会签订密约？敌兵的集中华南，军舰的齐集海南岛，用意究竟是在哪里？

敌人的不敢向荷印、马来亚进攻，是一般人都想得到的事实；

那么在南洋各地，最轻而易举，能供敌人侵略的地方，是在哪里？

进可以夹击我云南广西，退可以作为南进的根据要港，既不必苦战恶斗，又不至挑起美国苏联的恶感的一块敌人所垂涎的肥肉，不是法属的安南，又是什么？我白崇禧将军已经说过了。

所以，在这一个欧洲大战，将行决定胜负的重要关头，我们料到意大利必至投机而起，而跟踪意大利投机之后，将起来发一下趁火打劫的小财的，当然是日本向越南的进攻。

敌人既有胆量向越南动手，则在中国的英法租界，及香港广州湾等，自然也有问题。这些在目下虽然还是一种臆测，但万一不幸而言中，则中国的处境，自然又要加一重困难，因为海口的被封锁，将因此而更被严密监视的原故。

（原载一九四〇年六月十一日新加坡《星洲日报·晨星》）

图书馆与学者

图书馆在大众教育上的重要意义，是一般人都明白的，在这里，可以不必赘说；图书馆对于专门学者的贡献，尤其是不少的一点，却往往为人所忽视。

先让我来举一个例。英国十九世纪的大作家乔其·葛辛，他始终对伦敦有着热切的眷恋，但一按他所以要眷恋伦敦的原因哩，却完全是为了那图书馆。

他晚年因为婚姻之故，去法国南部作暂时的寓公，但当时他正在着手写一部罗马时代的小说。他在法国常常写信给住在伦敦的朋友，要求他上图书馆去调查这些，调查那些，好做他那一部大著的材料。后来这部大著还没有终结，而他已经去世了；现在我们所能读到的这部大著，还是他的未完之作。这是从事文学的专家，不得不求助于图书馆的一个好例。

此外，则史学家、科学家，以及其他的各种专门学者，出身大抵是贫寒者居多，他们对于图书馆所给与他们的益处，往往在晚年的自传回忆录里述说得很详细，在这里，当然是抄不胜抄。

以这些史实为根据，而来谈我们现在所处的环境，则星加坡一地，华侨之亟宜筹设一公共图书馆的事情，实在是刻不容缓的要图。现在，这事情，已经由六六社发起进行筹设了，在这里特将他们征求发起人公函的缘起重抄一遍，希望这一件侨界的文化巨业，能够有很好很快的成功。

夫公共图书馆，大众精神食粮之供给所也。其影响所及，大如人类社会文化之提高，小如个人学问等之修养，价值之大，识者类能言之。时至今日，世界现状，瞬倏万变，科学知识日新月异，大众之所需公共图书馆者，尤为迫切。欧美文明国家之稍具繁荣小城镇，苟无一公共图书馆之设立，则鲜有不被视为落后者，其故在此。

星洲为南洋文化、经济之总枢纽，住有华侨五十余万，人数为南洋各属之冠。公共图书馆之亟宜设立，除上述理由外，举其荦荦大者，约有下列四点：

（一）居廿世纪之今日，商场斗争，可谓登峰造极，当夫运筹决策之时，其所需乎经济、科学知识之程度，与昔大相悬殊。星洲为南洋侨胞经济活动之中心，苟无大规模公共图书馆之设立，以网罗中外各种详确之情报与专门著作，供侨胞之参考，又焉足以维持已往经济上优越之地位者哉！

（二）星洲地方虽大，人口虽多，惟可供青年高尚娱乐之场所者，竟如凤毛麟角。一般青年子弟，不知如何利用其空闲时间，以作有益身心之修养，而误入歧途者比比皆是，危险殊甚。

（三）迩来星期休业至为普遍，店员一遇假日，无所事事，难免浪费光阴，或作不正当之娱乐，不无可惜。

（四）自我民族复兴以后，星洲文化水准，因之渐次提高，有志作高深研究者颇不乏人，惟苦无公共图书馆可资利用，进修极觉困难，是诚国族文化上之一大损失。总此数因，星洲华人公共图书馆之宜早日促其实现，已彰彰明甚。同人有鉴及此，不揣冒昧，爰敢出而提倡。愿与赞助诸公，共策进行焉。

（原载一九四〇年六月十六日新加坡《星洲日报星期刊·文艺》）

文人的团结

老舍先生自重庆来书，曾说起了国内文人已经如何地坚强团结起来。他并告我们在海外的文化工作者，也应该认清敌人，把力量集中起来，齐向着这一个共同的目标拼去。

同时，我驻马来亚的高总领事，也发表了通告，揭穿汉奸辈正在煽惑侨胞，附和汪伪等反英，意图破坏我们的团结，破坏我们的筹赈等阴谋。

到了现在，我们还要来说团结，还要来对民族中的败类的阴谋，不得不谆谆告诫，说起来实在是一件很伤心的事情。不过事实俱在，这一批蓄意破坏我们的团结，甘心将我们的国家民族利益出卖的无耻之徒，正在日夜进行他们的工作，教我们又有什么办法，来为之隐讳。

而在这一批歹徒的中间，竟也有号称文化人者参杂其间，以前进为煽惑的招牌，以攻击个人，为自己成名的手段，那就更加不得不令人伤心气馁了。

事到如今，我们别的话，实在也可以不必再讲；根本的认识，就只有两个，就是我们要做自由独立的中国人呢？还是要做卑鄙无耻的汉奸走狗？我们假如要做自由独立的中国人的话，那现在我们的敌人，就只有一个，就是侵略我们的日本法西斯蒂。先明乎此，则我们的行动路线，也只有一条：就是来用如何的方法，尽如何的力量，去打倒这一个唯一的敌人。

文人的本分，当然是在宣传，宣传的主旨，自然也很简单，就是要教人能够分出谁是敌，谁是友，以及用什么方法去打倒敌人。某人的声望或比我大一点，某人的地位比我高一点，或某人的收入及资产比我丰裕一点，所以我的目的，我的全力，就非要先全用在打倒这某人的一点上不可，其他的一切，都可以不问，这就是汉奸的论调，也就是汉奸的行动。

说到文人的团结，实在比一般人的团结并没有两样，只教能把我们的私心，把我们个人的名利观念，完全撇开，那团结便自然不成问题了。

（原载一九四〇年六月二十三日新加坡《星洲日报星期刊·文艺》）

今后的世界战局

纳粹的闪电法宝，打到了巴黎、里昂，总算是最后的一道金光，今后的世界战局，当然是又另外成一局面。

一，纳粹能不能飞渡英法海峡，打到英本国去？是一问题。我们对这问题的解答，当然是只一"否"字。

二，英国会不会动摇她抗战到底的决心？这一问题，我们当然相信英首相的演词，英国为维持她的独立、自由，与生存，是非抗战到底不可的。而足以使英国抗战，获得胜利的重要因素，是在美国的能否就行参加战争。

三，美国假如参战，当然局面会得大变。美国不必送陆军到欧洲大陆去，只教她能正式宣布参加在英法的一方，则法国的单独讲和，就不能如德意所预计般的那么完满；而英国这边，无论在空中，在海上，以及物质、战器、经济各方面，都立即能得到很大的帮助。此外即帮凶国如意大利、西班牙和日本，也将受到绝大的打击。

四，不问美国的将正式参战与否，这一次美内阁的改组结果，对日法西斯蒂，自然给与以当头的一棒。我们预料今后的美国，在太平洋上，先要施行其积极的政策。第一，南洋各属，会直接间接，受到美国的武装保卫。美日商务条约，决不会再继续订定，而美对日的禁运，在实际上，名义上，都将见诸实施。

不过最后还有一个重要关键，却是苏联与英美及巴尔干的关系。我们预料，今后苏美英必能接近，而巴尔干的火药库也不致于爆发。

土耳其现在虽则还未表明积极态度，但势必倾向于英美的一方，是已定的事实。

当然，世界局势变幻无常，在笔者草此文时，法国的议和使者，还正在奔走中呢！

不过我们相信，战争若一持久，则德意必败；若不持久，则又当别论。

（原载一九四〇年六月二十五日新加坡《星洲日报·晨星》）

敌最近的侵略形势

最近，因法德停战，欧局大变的结果，敌人的侵略形势，又呈现了一种四面加紧包围，务祈急求结束对我战事的窘象。

第一，敌在北方，竭尽了向苏俄屈膝的能事，结束诺蒙罕战后诸事宜，苏伪定界，渔约解决等交涉，将次第举行了。

第二，对于租界问题，在敌阀们的心目中，这时本是攫夺的一个最好的机会；但美英苏三国的渐行接近，又系使敌胆骽寒的重大威胁。倭人要想开罪任何一国，在中国战事牵制之下，是怎么也不可能的。所以敌对租界，只在虚言要挟，而终不敢诉诸武力。天津、上海等租界上的严重局势，此后将随英国抗战步骤的稳定而低潮。

第三，包围香港的四周，制止安南的海陆运输，甚且向缅甸方面，也有威胁抗议的企图，对瓯江的航运，以及宁波闽地的内外交通，都思垄断，这些全不过是敌最后挣扎，妄想早日结束战事的一种焦急状态的暴露。至于向我行都重庆的频频轰炸，更是彰明皎著的这一个野心的揭示了。

可是我们与法国不同，有的是土地资源，有的是人民兵种。我们的抗战实力，已经可以有独力支持的把握了。不信的话，就请细按一下欧战开始后，我们这一年来抗战的成绩，就可以知道。

所以，对于海口的严密封锁，在我并不是足以动摇我们抗战到底的决心的决定因素。法国的不愿做亡国奴的自由人民，尚且在那里整理海外武力，想和纳粹暴徒拼命到底，敌阀的这一点点威胁，又岂能压迫我这庞大的民族，甘愿求和屈服做亡国奴么？

敌人的结集海陆空军于东京湾、海南岛、涠洲岛一带，看来是对安南已有矢在弦上之势；但这也还是一种试探，使报传的英美对于保卫南洋的密约属实，则敌的进攻安南，当然还有曲折的步骤，而这一次敌阀对南进政策的初步冒险，究竟敢为与否，将成为敌国内倒阁起政变的一重大原因。

我预料敌国内的政变，将不出这一两月的时间，而侵略安南之举，必然地须同时成为激起政变与安定政变的一个锈腐铁锚。

（原载一九四〇年六月二十七日新加坡《星洲日报·晨星》）

敌人对安南所取的策略

敌人于法本国溃败之余，必将发动其趁火打劫之侵略行为，原早为吾人所料及；不过敌人此次所用的策略，却是不战而取的步骤，是容易为吾人所忽略的。

希特勒之并吞奥国、捷克，原是这一种策略之最成功者；到了养肥之后，则虽用英法的大军，也不能制裁他了。这是一个不远的殷鉴，而日本对安南，也正在模仿着这一个法子。

我们预料敌人今后的步骤，第一着，当然是派兵舰去控制海防、西贡，以及沿海一带；然后再制造出一种藏本事件之类的事件，而公然令陆军上陆；第三步，则要看他的还是南下，还是西进了。南下则渐渐的蚕食马来半岛，西进则图谋缅甸、印度。敌人原早已把中国和印度及南洋群岛视作囊中之物的，只看他想于何时，及用哪一种方法来探取而已。

但在中国因急进而失败之后，此后的敌国，对南洋，对印度，所取的当然是渐进的蚕食政策。他的触须，近已伸到了缅甸，我们只须看他另一只小足，究将跨向南来，或跨向西去。

英法一误再误，既已受张伯伦、达拉第之累在先，照理，此次是决不应再踏慕尼克之覆辙的；可是消息传来，似乎颇有于西方绥靖失败之后，再来东方绥靖一下试试之概；这真教旁观者清的我们，不得不为英法再捏第二把冷汗。

总之，敌人的侵略安南、缅甸，从根本上说来，有关于我国军火接济的事小，有关于南洋群岛及印度的事大，美国终还是一位鞭长莫及的门罗绅士，提出几次抗议原是可以的，但并无切身之痛，所以用不着来拼命力争，不知英国的当局，对这一位模仿希特勒氏的小小胡子，究将用什么方法来对付？

（原载一九四〇年七月一日新加坡《星洲日报·晨星》）

敌国目前的致命伤

敌阀与中国搏斗了三整年的现在，在敌国最成问题的，自然是人的资源和经济的资源的枯竭的两点。

人口在日本的统计，本是照大正年间的一次国势总调查后的推算而决定的，男女老幼总计起来，混说是七千万。但这一个数目，当然比实际的人口，要多算一成之几，并且有许多北海道的土民，琉球岛的从未服过兵役的部落渔民等，也一总计算在内。而日本国民的性别，一般又是女多于男，和我们中国的男多于女恰恰成一个反比。

所以，照这一个情形来下推断，日本总人口中，除去三千七百万的女子以外，剩下来的三千三百万男丁之中，再除下三分之二强的老弱与未成年的男子，其中最多最多，也不过有一千万人，可作劳动工人，耕植农夫，经商，作吏，及服兵役的壮丁等。但是据一般的统计，要送一个壮丁，去前线作战，至少至少，在后方为给养这一个壮丁之故，如送衣食与薪给，赡养出征人的家属，与供给以军需弹药之类，要有七个壮丁，为他的后盾，才过得去。因此，在战争开始的时期，我们就估计日本全国，除驻防台湾、朝鲜与日本本土的留守军队及维持治安的警察宪兵二十万，压制伪满，及防范苏联边境的军队五十万以外，得尽量送到中国大陆上来驻防作战的有效正规军，无论如何，也不能超过二百三十万人的数目。这估计，为增强我们的警觉性，和定下作战胜利的基础准备起见，自然只会估计得过高一点，决不会估计得过少，当然是不会有错误的。可是在这二百三十万的敌国正规军之中，于三年搏斗之余的现在，还能在火线上作战的壮丁，难道得有超出一百万以上的数目的可能么？当然是不可能的，因为敌兵在中国战场上死亡及因伤病等而消灭战斗能力的总计，实在已达到了一百五十万以上的数目。

因此之故，所以敌人在中国前线便形成了点线不能联络的凋落现象，而在敌本国呢，则发生了劳工不足，产业停滞的极度恐慌。

因农村青年的出征，而致影响到食粮的不足，因产业工人之群趋至军需工厂，而致一般生产不足，直接间接影响到生活不安，物价高涨等记事，我们在敌国的新闻杂志上，天天可以看到。而在我国各地，无论在游击区与对阵区，敌人或三千或五百地零整在被我们歼灭的数目，我们只教有耐性去计算，一天一天的累积起来，一年一月，又该总计有若干的一个惊人巨数？

这是敌寇妄想征服中国，三年以来，最感到痛苦的"人的资源"枯竭的一点。

　　其次再说到敌国的经济，自从侵略中国的战端开始以来，到去年的会计年度终止时止，明中暗中，敌国已支出了超过三百亿的军费政费；而一九四〇年的预算，除表面上说得出来的项目，亦已超过了百亿之外，其他如军费的临时追加，秘密造舰费的支出等等，总计起来，恐怕不会得在一百三十亿以下。

　　而对这庞大支出的应付，在敌国不外乎竭泽而渔的加税，滥发赤字公债，使通货恶性膨胀（滥发不兑现纸币、军用票，及变一名目的纸币如联银券、华兴券等），流用国民节约贮金等几条绝路。因为敌国是先天不足的国家，资源是一点儿也没有的。生产原料、重工业军需工业的原料，一切都须仰给于外国。兼之敌国在国际间信誉又差，自从发动侵略中国的战事以来，外债是分文也没有借到的希望的。因这种种原因的结果，在敌国就自然而然的形成了物质不足，物价飞涨，和平生产工业全停（因之对外贸易亦形停顿），重工业的企业，全都因煤铁电力不足而枉费资财，半途僵毙的诸种最坏的恶现象。

　　其中尤其是影响到民众生活，致使全国社会一般发生不安的，是物价的高涨的一点。政府虽竭尽全力，想推行低物价政策；无如事实上，生产停顿，物资不足，所以官定低物价价格，虽则皇皇在那里公布，而产家及贩卖者，终不能好好的就范。所以经济警察，物资总动员计划等高压统治政策，尽管由你去公布施行，但是暗市的价格，却一日也不停地在三倍五倍的超过官价而飞涨上去，阿部内阁的倒溃，原因也就在这里。并且因为在华北及上海等处，滥发了与日元联系的联银券与华兴券军用票之后，这与日元理应同价的纸票，比我法币要低跌二三成；因之在伪满，在华北华中，同是一种劣货，因纸票价跌之故，卖价会涨至比敌国内更高二三倍之数。敌国的物资，自然亦因而外流，反使敌国内变成即使有了现款，也买不到物品的窘象。而这些物资，流到了华北华中，换成与日元联系的华兴联银券后，结果还是等于塞漏洞的泥沙，对于敌国外汇，仍是毫无补益的。

敌国逢到了这两大资源枯竭的致命伤后，现在所急急乎想谋自救的一条出路，就只有赶快结束对中国的侵略战争的一个最后的希望。他们的不顾人道，频频轰炸我战时新都，并将第三国的使馆、医院、学校及妇孺一齐炸毁；以及不顾国际公法，并未宣战而阻止第三国与我的交通等手忙脚乱的恫胁暴行，归根结蒂，原因就都是为此。

敌阀到了目前，事实上已走到了崩溃的末路了。向中国再行宣战么？这事在法理上在实际上，都已不可能；因为他在南京已经制造了一个傀儡政府，而又早已对我中央政府宣言说不再视作和战的对手了。用实力来征服全中国么？兵员不多，力量不足，即使想保现状而谋对峙，尚且不能，更何况乎要上溯长江的天险，北袭晋陕的山区呢？

迫不得已，敌阀就只有一个趁火打劫，向我接壤的诸与国去施行威胁的下策。但在中国的泥足未拔，英美各国亦已看穿了他的阴谋，轻易是决不会上这无赖者的当的。越南、缅甸、香港、津沪，风云虽似极险，但我敢断言，敌人决不敢再冒一大不韪，而有动武之举。

　　总之，我们的抗战已整整三周年了；从此再过一年半载，我们就可以安稳地达到最后胜利的目的地了，希望我们全国上下内外的同胞，当此时机都能在这最后关头，再齐心努一步力！

（原载一九四〇年七月七日新加坡
《星洲日报·抗战建国三周年纪念特刊》）

密锣紧鼓中之东西战局

自伦敦、罗马、开罗诸地的外电传来，据称利比亚集中意军廿五万，大有奋力东进，向埃及冲杀之势。一面，在索马利兰半岛之英属部分，如赛拉、哈格萨、奥特文纳等地，已被意军占领。马德里情报，则更传伐冷西亚南方地中海中，据渔民之所说，非洲北岸，阿及利亚附近，似亦有炮战发动。而英伦海峡，此次空战，德机被击落有五十三架之多，英战斗机亦损失十六架。将这些消息综合起来一看，似乎英对德意的战斗，目下已到了白热化的程度。一般人或更会想到德军的渡海而攻英本国，或一部分德军的假道西班牙而攻直布罗陀等大规模战事，也就会在最近几天内勃发，神经过敏的人，或者又要忧虑到天之将坠，或海之将枯了。但是，事实恐怕还不会到这样的程度。

何以见得？我们可以以下列几个理由来作根据而下判断。

第一，意国陆军的不振，是世界有名的，而且非洲天气炎热，姑无论饮水与给养不周等困难，或容易克服，即从汽油不足，与交通不便的两点来说，也尽够意军消受了；以这一种劳师远袭之窳劣陆军，而欲与准备有素、主客势定之英埃联军来对垒，胜负之势，也早就可以预见一二，聪明如墨索利尼，以及曾因侵略阿比西尼亚之故而元气未复的意国当局者们，当然不会得这样的卤莽。

第二，空军，海军，当然是英国比意国更占优势。若意国要攻埃及，要想得到苏彝士运河与红海地中海的制海权，则海军不能及英国之半的意国，如何能够有胜利的把握？

第三，索马利兰陆上之一时胜利，与海上之持久抗战，究属两事。英国之所以放弃索马利兰，而但集中全力于保持海上交通，及加紧对敌封锁，正是它善用自己优点的聪明处。英属索马利兰，虽巴布拉及其他各地，全被意军占去，亦并无多大的损失可言；而在意军方面，且将如敌寇之在中国，于阿比西尼亚这一泥沼之外，更踏入一不易自拔的沼泽。

第四，德意究竟能否同时并进，协力以攻英，还是一个疑问。对于德渡海而攻英，及假道以攻直布罗陀之困难，我们已早在前次说过了。

况且哀军必胜，是兵家之定论。在此次欧战初期，德以一国而战英法，德系哀军；现在则以英一国而战德意，地位与士气，完全与前期的欧战相反了。

照上述各点看来，我们相信，欧战仍旧还没有到决战的最后阶段。并且，即使独裁者们，想下一孤注，而欲乘美国尚难参战之此际，来对英作一次进攻，则胜负之势，也颇难预料。所以我们对于欧战目下的局势，觉得总还未脱外张内弛的境况。若照此局面，英国而能维持至本年的冬季，则欧洲大陆之粮食恐慌，与燃料衣料及其他物质的缺乏，将使独裁者们马上会感到拼饮毒杯的痛苦，全欧瓦解，恐是势所必至的归宿。

从欧战局面而反过来一看东方，则这几日日寇的占侵越南之行动，似乎更加露骨了。倭海军总司令之进据围洲岛，大批军舰航空母舰之集中东京湾，接连不断自台湾开来之运输舰，此外更传华南重兵之调往桂越边境者为数已达三万；虽则倭向越南之无理要求中，究竟有无假道以攻滇，及在安南获取海陆军根据地之两条，现尚未能证实，但敌寇之有意提出难题，而存心侵占安南，则已是铁定的事实。

目下之所成问题者，就是安南总督及贝当政府究将拟作如何之答覆。使安南当局，而与我合作，尊重中法关于越南之条约，向敌取一极强硬之态度，则敌之种种恫吓行动，行将立即如水泡之消逝，远东现状，尚不至有出人意外之大变化。这当然是对侵略者所能取的唯一态度。但若安南总督，而一被敌寇威胁所压倒，对于敌假道攻滇或在安南驻扎重兵等要求，有一许可，则我军为自卫计，自当立即开入安南。远东局势，恐将一变，而英美苏联合起来对敌寇的态度，恐也将即时表明了。

所以，敌阀这一次的虚声恫吓，结果，恐将不能下台。玩火者之被火灼伤，原属咎由自取，势所必然，而我之抗战过程，恐亦将在此得一绝大转机，踏上最后胜利之途径。

　　华南及上海英驻军之撤防，苏联和美国对远东问题已趋于意见一致，或已订密约之消息，和敌寇这一次的陈师海上，跳梁欲试，都有关系。我们虽则还不信日阀会全无理性，一味蛮干到此地步，但鉴于狗急跳墙，铤而走险之古语，则侵华三年，毫无所得，反弄得内而饥寒交迫，外而与国全无之敌阀，或竟会出此下策，以求暂时渡过难关，也说不定。盖欲压抑反战高潮，与减轻内部矛盾之日形尖锐，敌阀们实只能走上这一条吃了砒霜药老虎的绝路也。

　　　　　　　　　　（原载一九四〇年八月十日新加坡《星洲日报》）

"八一三"抗战纪念前夕

当我全国奋起抗战之前年，我首领就在庐山训话里说过，敌人处心积虑，只在灭亡整个中国；然其方法，有鲸吞与蚕食的两种。蚕食中国，其来也渐，而其计更毒。我全国民众，易为敌之甘言蜜语所欺蒙。万一民众一受其毒，则我中华民国便不得不永沦为敌之属邦，万劫不复矣。至于鲸吞，则其一时来势虽猛，然敌之狰狞面目，易为我民众所认识，我但须万众一心，立定意志，坚抱宁为玉碎，毋为瓦全之决心，则抗战必胜，建国必成，最后胜利，必属于我也。"八一三"淞沪抗战，就是揭穿敌人鲸吞我的狰狞面目之第一幕。当此三周年光荣纪念日来临之前夕，吾人瞻前顾后，实有无限的感慨。

本来，在敌国前一代的大政治家中，也有目光远大，虚怀若谷的人，如已故的币原，就主张对中国只宜开诚布公，谋取真正的亲善合作，以图共存共荣者之一，他们久已晓得，中国是断不能以武力所能征服的国家，中华民族，也万万不是可以蛮勇来压抑的民族；就是到了政党首领组阁的时代，如犬养毅、原敬诸人，还服膺着这一见解，对中国不敢遽以暴力来侵略，可是，到了少壮军人跋扈嚣张，不识天高地厚，只知唯我独尊，目无法纪，脑失常态以后，敌国上下，对世界对中国就完全起了一种幻觉，于是乎乱子就迭出了。自济南的"五三"惨案以来，历"九一八"而至"七七"，其间所经岁月，虽只短短的十余年，然敌国的政治军事，却从天到地，起了一种决不是有正常意识的人所能了解的反动变革。老成谋国者，一个个的或惨遭暗杀，或被迫归田；把持军政要津、擅行疯狂国策的，不是甘作少壮军阀牵线傀儡之庸朽政客，便是专喜犯上作乱之自命豪杰，举国若狂，良知昧尽，于是鲸吞中国之大胆无敌的行为，便毫无顾忌地泛滥起来了，"人之云亡，邦国殄瘁"，诗人此语，真像似为今日的敌国而发的。

时到现在，我们也不必再来详叙"八一三"当时敌阀的向我妄启事端，先来挑衅的种种经过，我们只想简说一下"八一三"淞沪一役，在我们抗战史上的几点重要的意义。

第一，谁也知道，"八一三"是中国抗战全面化的一个重要关键；没有"八一三"，恐怕"七七"事变，早就当作了地方事件而被解决；我华北五省，或许全盘已拱手让人，而使敌得以极少之代价，而取得了整个华北的土地，也说不定。

第二，"八一三"昭告了全世界的尊重自由、尊重民主的文明国家，以敌阀的野心与凶暴，因为淞沪一带，是国际观瞻所系的地方。自此役以后，同情我之与国日益增多，敌在国际间的地位，便愈益低落，而造成了敌今日外交上完全孤立的现象。

第三，"八一三"一役，证明了我抗战实力的决不可侮；在敌人方面，先打破了敌人三月亡华，或三师团即足以征服全中国的痴迷豪语；而在我一方面，则更加坚定了我们抗战到底，必能恢复国土的自信心。

第四，当时中国反战最力，而历来系祸国殃民的资产阶级，即买办、土豪、劣绅，以及操纵金融、剥削民众的官僚资本家等，亦因"八一三"之炮火，而醒了迷梦，他们开始悔改，开始团结，开始知道起国家民族的意义来了。虽然积重难返，在今日的抗战阵营里，也还时时有这一阶级的败类混入，在起减少抗战力量的磨擦作用；然而大部分的有良心者，却都从"八一三"以后，诚心诚意地对抗战国策发了拥护之心。

第五，"八一三"是我诱敌深入，使它的泥足永难净拔的头道陷阱。自此以后，敌谋保淞沪，不得不进攻南京苏杭，而为外卫，既攻南京，又不得不北略徐州，以求打通津浦沿线，而与华北连成一气。且正因此，我得在今日作为复兴建国根据地的行都，有余裕来筹划一切，以完成长期抗战的任务。

凡此五点，皆系因"八一三"一役而造成的基础，我们但须一看敌人最近的那一种急急于谋解决中国事变的手忙脚乱之象，便更可以知道"八一三"的重要意义了。对此光荣伟大的纪念日，我们若想不负前贤、不愧后起地来纪念一下，则人无分男女老幼，地无分海外宗邦，举凡中华民国的子民，应如何地尽其出钱出力的本分，自然是不必赘说之事。而且抗战愈近最后胜利之期，变化与困难自亦愈会增加，如目下敌寇之加紧封锁我国际交通路线与闽浙沿海一带的交通，以及威胁安南而思假道攻滇，或在安南境内，设置海陆空军根据地，而作南进的准备等，都是要我们一齐起来加强团结，努力奋斗的暴行，我们要想使这光荣伟大的"八一三"纪念日在后世永放光明，自不得不以我们最后的全部力量来为国牺牲不可。

（原载一九四〇年八月十二日新加坡《星洲日报》）

敌寇南进的积极步骤

敌寇的趁火打劫，乘法国战败之余，而威胁安南，提出种种苛刻条件，使安南不得不在模棱两可之间而就范，已由外电详报，且经我旅越的归客在谈话中，加以证实了。敌寇驻越调查团人数的大量增加，海军军舰在越港的自由出入，以及敌机的任意在越地起降等，不啻已显明地公布，安南当局正式承认了敌寇在安南海陆空军根据地的设置。而今日港电传来，敌寇又进一步而和泰国有了军事合作的约定。敌寇南进的积极步骤，到此已成突飞猛进之势，吾人原不得不先为祖国之桂越滇各边境致隐忧，但对于南洋各属，尤其是马来亚与荷印两地，更不得不有暴徒临门，危在旦夕之急感。

泰国与马来亚壤地毗连，朝发而夕可至。虽此次泰国国防部长与海军部长之在东京，将与敌寇结成何种密约，现在尚不可知，然于松冈声明大东亚新秩序之直后，先有海军在南海之结集，继复有龙州寇军退入安南之布置，现复有与泰国军事合作之拟议；是其毒手，不啻已挟住马来亚之咽喉，势必将其对安南不战而取之兵力，转一方向而攻略马来亚与荷印，事实已彰彰明甚。侵略者得寸进尺，欲壑难填，对于蔑视正义人道之国家的不宜让步，吾人固已再三声言在先，现在则不幸言中，大有噬脐莫及之慨了。

在此危机一发之际，吾人为南洋各属当局计，所应采取的，实唯有勿再让步，迎头赶上，先发以制人之一策。

第一，英国与泰国，在不久之前，本有互不侵犯条约之缔订；万一敌泰之间，军事合作之密约果成，则事实即成为泰国向英国属地进侵之威胁，英国即使进而放弃此互不侵犯之约定，按之常理，亦属应该。

第二，英美在远东之合作程度，吾人每嫌其不够坚强，时至今日，决不是再能顾及面子和一国私利的时候了。英国即使牺牲一点利益，亦应该拉紧美国，而使美国得尽人道的义务。

第三，英本国所受纳粹之威胁，固属严重。然对于各属地所受之威胁，亦不宜估计太轻，而不取动作，以至于坐失时机。

本报因我首领对围洲岛海南岛被占时之情形，指为太平洋上之"九一八"，亦曾指出太平洋上之"八一三"，已经来临，"和平业经绝望，牺牲已到最后关头"的两语，现在自不得不移到南洋各属来用了。

况且，目前英国在欧洲之情势，已日见好转，因连日空战之结果，纳粹的弱点已经暴露无遗；又因法西斯蒂狂徒野心之扩大，巴尔干火药库已将至爆发的程度。使意大利而果侵希腊，则土耳其自将立时兴起，联合巴尔干各协约小国而向德意寻仇。英在远东近东，拉拢苏联合作之机会，目下更适当的了。凡事穷则宜变，变即能通，英国当局，想亦早已有鉴及此了。

要从南洋的危急，而想及我国的抗战，则我大举向敌寇反攻的时机，也愈演愈近了。若英美苏在远东，一旦发动积极联合的动作，则我之五百万精兵，亦可以同时兴起，而作各路向敌之反攻。敌寇究竟人力有限，向南分散了一部分兵力之后，万无再在中国有立足之可能。欧战的命运，若将在这一月以内决定的话，则我之最后胜利，恐亦将在这半年中决定。敌寇积极南进之步骤愈加紧，同时，其崩溃的趋势，也愈加速。谓予不信，请拭目以俟之。

（原载一九四〇年八月十七日新加坡《星洲日报》）

关于侨汇之再限制

自欧战发生之后，马来亚因施行战时统制政策，对于本邦资金外溢问题，曾由当局熟经考虑，加以种种限制，如对外汇款，以及输出进口之请准限额等，业已经过数次的改正，而维持到现在了。最近闻当局因我侨汇款回国之数目日增，又有抑低限额之议。此事虽尚未见诸实施，然曾由当局公开召集会议，加以讨论，因之侨情惶惑，或以为当局此举，实有使旅居此邦之侨民，不能安居乐业之危险。本报且曾遍询各侨领意见，借以供献当局，作为参考了，兹再申述侨汇决不能再行抑低之理由于下，以冀当局之采择。

一，侨汇为此间侨民接济留居本国家族之最低限度必需费，其性质与生产资金或商业流动资金等完全不同。侨汇之去处，大抵分散在闽广及其他各地之穷乡僻壤，汇款一到，即尽行消费，亦断无蓄积存贮用作再生产之资本之理由，当此世界战乱不已，生活程度日高一日之际，侨汇限额，只宜放宽，岂能再抑？

二，侨汇限额抑低之后，则侨界工商业必至衰落，因而影响及整个社会之繁荣，自是必然之势。因为马来亚工商界之劳资两方，十分之八九，为我国侨民；其间尤以中下之小本营生及劳动者为数最多；彼辈之经营生理，及辛勤工作之目的，无非欲以勤劳之所得，汇回祖国，以资仰事俯蓄之用。今若一限制其汇额，使每月不能有充裕之款汇回以养家，则彼辈何必抛妻别子，远旅他邦，而作无目的之苦工？即使限额终有一个数目，不至完全禁汇，然半饱不如全饥，倘限至每人每月所得，除每人在此地之生活费外，只能汇仅少之数目返家，致使居留乡邦之老小，仍不能过完满之生活，则彼辈即不相率而返国，亦必将计数而怠工。在此非常时期，而有此等现象之发生，则今后之工商各界，宁更有繁荣之希望？

三，我侨之从事中小工商业者，大抵趋向保守，对于外界刺激，一般都呈迟钝之反应。唯对于金钱及汇款等之涨落，则反应极速亦极敏。如前次之辅币缺少，即其一例，倘使侨汇限额再度抑低，则唯恐天下无事之徒，势必再来利用机会，散放谣言。或更有人出而操纵垄断，使社会发生不安。是则欲求社会稳固之当局措施，反足以促成社会之混乱，影响所及，决非浅鲜。

四，从大处言，侨汇汇回中国，自然间接亦对我之抗战建国有补益，欧美各国在中国之权益，当以英国为最广，亦最大。我国之改用法币，及抗战军兴后之稳定金融，以及每次法币对外跌价时之设法弥补，都由英国在后资助，是以得在国际间维持良好之信誉。中国抗战之能早得胜利与否，与法币之能否坚持信用，实有很大的关系。英国既已对中国尽力于过去，当然亦愿意成全于将来，维持中国法币之信用，亦即所以维持英国在华之权益。即从此一点而言，此间当局，对于足以充实法币信用之侨汇，更不宜加以过度之压抑。

五，组成马来亚社会中坚之华侨，一向对当局抱有普遍之好感，故凡此间政府举办之事业与施政，华侨都竭其全力而取合作之态度，所以然者，因华侨都了解唇齿辅车之依存，两方实有互助之必要也。使当局而一旦施行过度之压抑，令侨民发生一不良之印象，则今后侨界与政府之合作，恐将不能如旧时之完满。

上举五点，都系实情，我们希望当局能加以考虑，而再决定今后低抑侨汇的政策。

并且，为保留当地资金，勿使逃避，或使金融丰润、产业繁荣起见，当局似应采取种种积极政策，更为适当，若只从消极方面，加以限制，不但收效极少，结果反有使产业衰落之可能，前面已经说过了。

总之，我们只希望对于减低侨汇数目之一事，能在令吾侨满足之限度以内，采取相当之政策。庶使上下得以和衷共济，而度此难关。当局之苦衷，吾人原不得不加以谅察。然吾侨及侨眷之生活与安宁，望当局亦能加以切实之体恤。尤其当日寇急谋南进，正在四处鼓动反英狂潮之此际，风雨同舟，吾人更觉得两方有紧密合作之必要。

（原载一九四〇年八月十九日新加坡《星洲日报》）

倭阁新政体制和我们的反攻

近卫上台之后，以一国一政党，以及新政治体制为号召，对外则妄自加强倭寇轴心之紧密联系，与积极南进，将南洋一带划入大东亚新秩序建设范围之内，更欲从此更进而勘定世界新秩序；对内则侈言建设高度国防国家，施行政治新体制，调整内政，刷新生产扩充机构，改进教育制度等等，然最大目标，还是在从速结束对华事变，实行南进，以求在大东亚新秩序的经济圈内，能自给自足，排斥欧美各国势力于东亚之外，造成倭所谓中国满蒙日本的联系集团。

近卫的号召，当然是堂而皇之，颇足以动倭国一般久被蒙蔽了的上下的心。且对外，也含糊措辞，一如纳粹德国之所谓生存空间，可大可小，伸缩自如，绝类橡皮气球。东亚经济圈，亦能扩张至南美各邦，或菲列宾，印度，缅甸。但究其实际，则去秋美大使格鲁，就曾声言，美国上下，对于倭所言的东亚新秩序，始终是莫名其妙。

不但去秋美大使曾发此言，就是日众议员斋藤隆夫，今春在议会亦曾代表倭全体民众说过，对于所谓东亚新秩序这一劳什子，大家还是不知其所以然。而最近苏联莫洛托夫，在他的宣言中，更再三的说，倭国的所谓新秩序，新政体，始终是模糊不清，不知是在指什么而说。

事实上，近卫上台，也已将月余，而所谓新政治体制，新政党之组织与党纲，以及施政方针等，还没有具体的公布，只模糊指出了几条极抽象的政纲，如本文头上所说的诸倾向而已。

我们试一按近卫的来踪去迹，以及这贵族公子的虚悬理想的内容等，当然，对此种种，亦不得不加以原谅。

第一，近卫是造成"七七"芦沟桥事变的祸始者；历来在敌国的内阁，如中日战争、日俄战争发动的负责者们，都必待他自己所闯下的大祸收束之后，才开始卸责去阁，以谢敌国上下；而近卫则中途规避，将这大事变之责任中途抛弃，敌全国对他的责怨，当然是众口一词，不稍宽假的。于是他亦想于内阁责任已卸之后，来组成一大政党，以民间的立场，来奉行军部的命令，而将对中国的事变作一结束，这是当米内还未倒阁，而他的两位走狗风见与有马正在奔走组新党时的宣言。风见与有马，并且还公开的说，近卫的新政党，当然是和德纳粹党相像的东西。

但军部猖狂，竟又倒了米内，而再拉出这一位出身华胄的近卫重作冯妇。既上了台，则新党云云，自然是不再成问题，所以又造出了政治新体制的一个堂皇的题目，可是这所谓政治新体制者，在敌侵略中国三载，终于毫无所得，一面反弄得全国物资缺乏，劳动力不足，生产无形停顿的现在，自不得不先顾到经济的组织，而一提到经济体制，敌财阀和军阀就势成水火的不能相容。

财阀是拥护私人资本，要减轻国家统制力量，而增加资本利润的。反之，军阀就要将资本移归公有，脱离私人或少数集团的驾驭，加强战时统制，绝对将利润作先公后私的分配的。

所以近卫的新政治体制，当遇着这近代的政治的最大基本问题时，就不得不先碰一鼻子灰。盖一方面则主张要以经济来左右政治，而一方面则又主张以军事来左右政治，以政治来左右经济，这矛盾就很难解决。

其次，是经济问题既不能解决，则高度国防何由建设？积极南进，又何从发动？

比经济体制更难解决的一个问题，在近卫新体制中，自然是外交关系。敌国到现在为止的外交体制，自从苏联和德国结了互不侵犯条约以后，如阿部，米内的两代内阁所取的政策，多少是依存英美的。现在一旦又要想从英美依存，而再转向到轴心合抱，则无论希墨二氏，能否予以一顾，就是在敌本身，也不得不重起一番大大的变动。这一次松冈的召回全倭驻外各国之大公使节，及想更动霞关内部科长以上的人员者，表面上虽则说是为刷新外交阵形，起用天才新进，而实际上却就是这一个苦闷的表现。

从敌的外交政策转换，而再来看他南进的积极措施，则敌在目下，最多最多，也只能以威胁的手段，来迫使越南和暹罗就范，然后再以甘言蜜语，取得荷印的石油与铁及非铁金属而已（见本报港电）。敌想正正堂堂、大举进攻，以兵力来攫取暹罗越南与荷印，实力上是决办不到的。在这里，我们又不得不回想到敌币原外交盛行一时的时候，他对南进的深谋远虑了。币原是主张和中国交好，而积极推行南进政策的；就是现在敌南进政策积极推行者石原产业海运会长石原广一郎，也在说满蒙的投资，几乎等于投诸虚牝，若将敌在满蒙所投之资，而早投向了南洋，则倭在目下，可以不再受美国的牵制了。

就此也可以看到，敌在中国的侵略冒险，如何地又减削了他的积极南进的实力。

所以，近卫到了现在，还不能把他所揭为登台法宝，结束对华事变的新政治体制的具体内容公布出来的原因，也就在这些地方。一面又想赶紧结束对华事变，一面又想捉住这趁火打劫、积极南进的黄金机会，敌阀的心虽则狠比天高，但是结果恐怕要变得力比狗弱。我们的所以要屡次向英美当局进言，对敌不可示弱；同时也屡次要劝越南、暹罗、荷印各属勿为敌的威胁所屈服者，就因为我们早就看到了敌阀的这一弱点的缘故。

对此积弱势成，对南对北，注意力分散的敌国，我们若不马上厉行总反攻则已，若一经下全线总动员令，同时而向敌来一有计划组织的总反攻，则摧枯拉朽，我们的胜利，是不必要等待一年以上的。

陈诚将军，已经公开报告了我们总反攻的即将开始，而敌的军事代言人，亦已公开承认，谓我在正太、同蒲、平汉各路的最近反攻，是比前有组织，有计划得多了。敌机的滥炸重庆，表面佯示要进攻四川和西北的虚势，都是病人将死时的回光返照。我们只教上下一心，对南对北，同时反攻，一面再帮助越南暹罗等地，来一次对敌的总压迫，则最后胜利，就在目前了。在这半年之中，我们对敌，自然会有极得手的局势展开，还望我海内外的同胞，当此为山九仞之时，再来加以一篑之力！

（原载一九四〇年八月二十六日新加坡《星洲日报》）

华北捷讯与敌阀之孤注

　　中国英勇抗战，坚持迄今，致使敌国民穷财尽，眼看着欧战这一个可以趁火打劫的黄金机会，而事实上乃毫无所得，人民大众与前线士兵，个个厌战，大有甘与好大喜功之侵略军阀，一拼生死之势。因而被军阀玩弄于股掌之上的敌国内阁，代代都以结束对华事变为最大任务，现在近卫再度登台，所高揭之抽象政治体制等等，仍是以负责结束对华事变为前提，然而结果我师愈战愈强，非将倭寇尽行逐出国土，决无与倭谈判之余地。时机一熟，我且将整师反击，以期早日获得最后胜利。本报已于星期一（廿六）日社论中，略加推断。兹据港电及路透电传来消息，则我八路军果已克复娘子关，截断平汉、正太、同蒲各干路，游击分队，且已逼近北平，进据圆明园附近，致使北平各城门紧闭，敌寇不敢再出北平城一步了。这华北大捷之讯，不但本报专电路透电，曾加以证实，即以造谣挑拨为专务的当地倭字报，亦记载历历，决非出于我之宣传，彰彰明甚。

由此大捷，而来下判断，则第一，我西南国际交通路线，滇越与滇缅两处，虽被封锁，对于我之持久抗战，仍无丝毫影响，又可得一证明。第二，敌寇之最后孤注，将竭其全力而向我再作一次总进攻之举，决无胜利希望，已可断言。我们且试看敌寇偷渡黄河，进攻西北之事，在这三年又二月之中，曾反覆了几多次，但可有一次能达到他的野望万分之一否？至于进攻重庆，则除降落伞部队，或能一试之外，敌之军舰，机械化部队等等，都无丝毫用处。我陈诚将军之专职防御长江，以及国府机关之疏散至重庆四郊，都不过是备万一之预防，敌寇虽已疯狂失去了理性，但这最后之一张牌，恐怕轻易也不会打出。至于寇我云南，夺我昆明，则事实上与打击我中央，迫使我求和相去甚远，我纵使尽失云贵，抗战仍能抗至最后胜利的到来，□□□□□□□□□□□做此有损□□之空头闲事。所以敌对我十月攻势之说，即回光返照，最后下一孤注之说，事或可能，实则其结果只能自速败亡，又可断言。

近日由我此次华北的大捷看来，则我已完全先发制人，取得了主动地位；此后在华中华南，同时亦将以各个击破的战略，予打击者以打击。今后的局势，与抗战初期之敌来则御，敌去亦不穷追之守势，将截然不同。

又敌寇之十月攻势，证之于敌南进的势趋缓和，以及美国下届大总统的选举未竣，与夫德意之图英日急诸端，显然是可能之事；我负责当局，亦早见及此，而处处在加以预防了。但其结果，则反足以促成我最后胜利之早日到来，却是铁定的事实。

我们在星期一日的社论里，原已指出，敌寇的南进，只图以威胁欺诈而取胜，要想正正堂堂诉诸武力来夺取荷印与越南，是万不可能之事；现在，敌若欲倾其所有之残余兵力，而再向我来一次进袭，则其用兵力南侵之可能性，自然愈加减少。我们所以想对荷印越南各当局，恳切陈词，应该明白认识这一事实，而勿再为敌寇之威胁所压倒者，以此。

总之，我国抗战，已渐渐接近最后胜利之阶段，此次华北之捷讯，尚系我初试反攻之局部的成功，决定敌寇总崩溃命运之会战，恐怕将在敌寇冒险进攻我西北，或袭击我川滇之前后。陈诚将军所说我最后胜利之目的，将在一年之内，可以完全达到的预言，当系知己知彼，躬自参加前线作战者的经验之谈。我们且各自努力，先尽了我们出钱出力的责任，然后再徐候着捷音的传来吧！

（原载一九四〇年八月二十八日新加坡《星洲日报》）

欢迎美国新闻记者团

美国新闻记者团十一人，应澳洲及荷印当局之邀请，曾乘飞机历游澳洲荷印各地，于前日到星，曾参观当地各重要区域，与风景地带，将于明日乘荷印邮机飞赴婆罗洲之巴力巴港，更转香港而飞返美国。该团在澳洲、荷印、星洲、及婆罗洲、香港等地所停留之时间，虽属不久，然他们所得的印象，必异常深刻；因而我们亦可以断定，他们返美国后，所促生的影响亦必将非常之重大。同人等虽则因语言文字之不同，及主客处地之互异，未能略尽东道之谊，而作一次深谈。但华字报记者及我侨全体对该记者团之表示热烈欢迎，则与当地政府，及澳洲、荷印各当局，初无二致。

本来，新闻记者，是国际间，社会上的真理与正义之有力代言人，在平时之职责，就非常重大，在这战时，更可以不必说了。而尤其是拥护民主政治，负有厚重实力，一言一动，可以左右现世界政治大局之美国新闻记者，当此世界文化，正受着纳粹、法西斯蒂和倭军阀暴力摧残，危机一发，绝续存亡之际，其所负使命之巨大，当更不可以言语来形容。正唯其是如此，所以我们于竭诚欢迎该记者团来星之余，觉得还有一吐肺腑，尽情相告之必要。

关于欧洲之战局，及英美之联系，该团当比我们观察得更为周到，知道得更加详细，我们可以毋庸赘言，这里所说的，自然是只限于远东的一隅也。

第一，敌阀自从发动对华侵略战争以来，三年之中，对我非武装平民，尤其是对我老幼妇孺之奸淫杀戮，已造成人类有史以来，最惨酷、最恶毒之纪录。关于这层，各国报章杂志，曾迭有记载，我们在这里，可以不必再述。我们只须说一句，敌人的残暴狠毒，尤其是对于我沦陷区之妇人孺子，其所施行的种种虐杀奸污情形，决非古今来任何想象力最丰富之历史家或文学家所能笔述。

第二，敌人的滥炸我不设防城市，及非军事要区，以及彻底破坏我文化机关，与第三国之教会、医院、使领馆等暴行，更为自有国际公法以来之绝无现象。美国记者诸君，可惜无时间更由香港飞向我抗战后方如重庆等地去一行，否则，诸君将不信人类竟会有如此的行为；而古代史书所纪载之野蛮种族，比之现代倭寇，或竟可以称作极度文明。

第三，倭寇现正在积极图谋南进，将南洋全部，划入彼等所谓之大东亚经济圈内；在最近的将来，也许会对法属越南，荷属东印度，或竟向菲列宾、马来亚，乃至澳洲等地，再来施行一次。当他们封锁天津租界，及在南京北平等地对英美男女侨民所施之侮辱与虐待，尚系小试其锋者，殊不足以表明倭寇之残酷性于万一。

第四，使倭寇而如此不顾国际公法，不顾正义人道，终亦无人出面加以指摘，加以制裁，则今后之人类，恐将不复有存续之希望。

为此种种，我们想向记者诸君大声疾呼，诸君返美国后，务须本其天职，将这些暴行，这些惨状，尽情传播给太平洋彼岸之美国国民；使他们晓得，在地球的这一面，有这样的一种吸血的民族存在。他们的奸淫虐杀滥炸的工作，到了三年之后的现在也还在继续进行，而这些武器，汽油，大半还都是美国供给他们的。

诸君在美国，都是负有厚重声望，拥有广大群众的名记者，诸君之一言一语，马上可以引起舆论，左右政治，我们希望诸君能够促醒当局，对敌寇绝对断绝经济往来，使不能维持对华虐杀的勾当。

敌寇是色厉内荏，欺软怕硬的劣等黩武者，美国若能加以强硬的行动制裁，则不但中国的妇孺，以后可以不再遭蹂躏，就是南洋各属，也不至有坠入蛇蝎地狱之危险。

美国历来对远东之态度，原属光明磊落，事事不肯与倭寇妥洽；如九国公约之倡议，绝对不承认满洲南京各傀儡组织之声明，对日商约之废止，以及声言维持荷印现状，与将对倭清算各种暴行总账之类。但我们总还觉得不够彻底。

我们对于美国在远东之政策，总希望能更积极一点，勿事事待英国与倭妥协之后，再来作补救，或矫枉的筹谋，务须于当英顾全远东权益，及顾全旧日英日同盟交谊，欲作让步之际，切实对英劝告，使能与美国采取一致强硬的行动。宁为鸡口，毋为牛后，虽系我国之古谚，但我们却都希望美国于对付远东事变时，能决行这一种态度。

现在我国抗战局面正在转变，国共合作，日见坚强，人民团结，也日臻稳固。不出半年，我们将有绝大的反攻阵势展开。对于越南，敌寇若进一兵一卒，我就将发动大军，协助安南当局，抵抗侵略。我们对倭寇，绝无妥协，永不言和，除非由倭国民众起来，打倒万恶的军阀，而真诚地来和我们握手。我们将一直的抵抗下去，到最后胜利到来时为止。我们的这一决心，亦希望诸君能带回去告诉给全美爱好正义，反对侵略的民众。欲保持太平洋的文明与兴隆，非先将侵略者斩草除根地肃清以后，决不可能。美国和中国，实在是未来太平洋繁荣的保卫者。诸君于亲来游历之后，当更能切实了解其中的实际。我们于热诚欢迎诸君长空万里的东游之余，更愿贡献这一点浅见，以作诸君此次远游的纪念。

（原载一九四〇年八月三十一日新加坡《星洲日报》）

英美合作的反应

前周末的伦敦夜袭，平民死伤，数达千余（据报，死者约四百余，重伤者约千四百余，确数尚未悉），泰姆士河两岸及三角地带，受炸之烈，为欧战以来所未有，纳粹的空中法宝，至此而恶毒倾尽，英国平民居舍及学校等之被毁，不下于敌寇对我新都重庆所施之暴行，这是欧洲战局中新开展的一面。

反过来一看远东，则敌兵已在安南登陆，我为自卫计，自然亦不得不先占滇越边境重要作战据点以为之备；万一敌兵不南进而北上，则我军当然只有深入越南，迎头痛击之一策。在安南作战之事，看来似乎矢已离弦，不能再作一刻之犹豫，这又是远东战局在最近新出现之一幕，真刀真枪的实力比赛。虽则将来将扩展至若何程度，现在还不能预言，但东西两大战局之已急转直下，愈趋愈烈，愈扩愈大，则系已定之势。

东西两强盗国，倭寇与纳粹，何以忽于此时，而不顾一切，竟敢下此孤注，识者当然不难洞察强盗国之肺腑。盖英美合作，愈益坚定，狗急跳墙，强盗们欲于万死中求一生路，就不得不出此最后一掷也。从这东西两战局之局面忽趋紧张而来下判断，我们在反面亦就可以看到，英美的切实合作，对于倭寇与纳粹，是如何重大的一个打击。同时，也可以说，简直是倭寇与纳粹的致命伤。

本来敌寇对美国之在远东，早就诚惶诚恐，唯恐其从强硬的抗议而转向入实际的行动。但到现在为止，敌总还以为美国有大西洋与太平洋两处的辽阔海疆须守，以太平洋来比大西洋，当然是后者重于前者。敌寇趁此邻人火起之际，以为即使施行些小窃偷盗的行为，大量的美国，或者会轻轻放过的。但美国的执政者们，却不像到处绥靖的张伯伦氏。见义勇为，言出必行，却是新大陆人的固有气概。这一回大西洋的防御，已臻巩固之后，对于太平洋自然不肯放松。关岛设防，须三年以后方得完成，则对付敌寇的积极南侵，当然只有借星加坡来作海军根据地之一法。再进一步而与澳洲联防，与苏联协定，自然也是预料中事。敌寇向安南荷印之蠢动，事实上已促成了英美在太平洋方面之切实合作，发动了美国完全禁铁输出之建议，或将更诱致美国对倭之绝对经济制裁之施行，也说不定。是则寇之发动南侵，实系其自掘坟墓之动作，及川当系其丧钟之摇振人无疑。

敌国内之狂呼联德，大举反英，以及军部机关报《国民新闻》之虚声恫吓，所表现的，只是断末魔之狂吃，金轮际之闷搅而已。

美国赠英驱逐舰中，人员配备之迅速，以及今后之强度军需接济，势必突飞猛进，有加无已，使已臻坚强之英海军得更增强如铜墙铁壁。纳粹直到今日而始发动疯狂乱炸，实已失其闪电战之初效。有人谓汪逆之放空炮，火药似有潮湿气味，吾人亦敢断言纳粹此次之空中闪电，光芒亦已传入了避雷针下，遁至地底而变作了散雷。轰炸愈烈，英民众之抗战，恐亦将愈为坚强，这从前周末夜伦敦大袭时之士气中可以看出。我行都重庆，迭遭狂炸，市民之敌忾心亦随之而愈坚，今则英伦士民，亦于惨遭大炸时，而表现其不屈不挠，艰苦奋斗的真精神了。东西两大民族，即此一点，已可以后先辉映于史册。且待我们各于最后胜利得到之日，再来举行一次永保和平正义的联欢大会庆祝吧！

（原载一九四○年九月九日新加坡《星洲日报》）

敌人敢发动新的攻势吗?

据昨日本报所载香港专电:"日方扬言日军发动九月攻势,又另传为十月攻势,又盛传我最高当局为粉碎敌人挣扎企图计,已着手调整训练优秀之国军五百万众,分赴各战场前线,准备全国反攻之总发动。"关于敌人的这种宣传,各方早有报道,且有三种推测,因为敌人今后的进攻,不外向西北攻陕西,向西南攻云南,与由宜昌溯江西上,进攻四川,但就目前敌情估计,这种宣传仍不过是宣传而已,其作用在于以军事的威吓,妄想达到政治上的求和。至于我国准备全面反攻,已非一朝一夕,实不自今日始,一至相当时机,自将予敌人以最大的打击。

我军政部何部长,最近曾检讨日本兵力的消耗:"截至本年五月底止,日军共伤亡一百六十四万人,不得已才将关外防备苏联的军队,加到中国来,现在加无可加,同时每天都有很大的伤亡病废,兵员补充,非常困难。"似此情形,日阀虽欲发动大规模新的攻势,亦难调动大规模的兵力。无论敌人从上述三方面的任何一方进攻，要有重大的进展，至少需要三十万兵力。而抽调三十万兵力，向一个新的战场进攻，既难由敌国国内增调新兵，惟有在侵华各部队调动，则后方空虚，恐怕已经占据的重要据点也不能维持，敌人何敢出此？如从三方面同时进攻，当更为事势所不许。仅就兵力一点观察，敌人所谓新的攻势，已不可信，此外运输与给养及应付国际剧变等，当有更多的困难。大约所谓攻势也者，其规模至多不过相当于鄂北的襄樊随枣之战而已。

就西北方面说，仅仅山西一个战场，已足敌人疲于奔命，屡次"扫荡"，每战必败，中条山且成为敌人的盲肠。最近我军克娘子关，克晋城，攻运城，敌人尚感手忙脚乱，岂有进攻陕西的余裕？如果勉强调大部队冒险进攻西北，不仅后顾堪忧，而且得不偿失，因为西北陕甘等省地瘠民贫，空室清野，敌人无可征发，更无可榨取，只有作成极大的消耗与损失。

就中部方面说，敌人如欲溯江西上，进攻川省，则宜昌以上，江面逼窄，水急滩多，只能航行浅水汽船，日本海军无能为力。虽然小炮舰可以上驶，但一入三峡，绵延七百里，两岸崇山峻岭，江面既狭，弯曲又多，沿途尽属险要，到处可以两岸夹击，区区浅水舰艇，不足以当一击，而且两壁并无大路，只有羊肠鸟道，与船夫的纤路，机械化部队固然无从前进，即步兵进行亦极艰难，敌人想从这一方面进攻，简直自取死亡，恐怕徒劳梦想。

就西南方面说，敌人自攻占南宁以后，并无多大进展，宾阳武鸣一役，我军且获大胜，目前敌人还不敢正视北面。邕江以阳，桂越边境，敌人现有兵力，仅仅一师团半，无力向西发展，更说不上进攻云南。现在敌人正压迫安南，欲通过安南北部，假道滇越铁路进犯，所传要求在安南登陆的军队，不过一万二千，而我方大军集中安南边境者，已达十万，优劣之势，相去悬绝，即使安南接受日方要求，我军也尽有阻止敌人前进的力量。

比较以上三方面，敌人如果发动新的攻势，仍以向西南进攻为多。因为西南物产较丰，征发较易，而从海道接济，究竟比较方便，但以敌人现有的兵力，却不能作大规模的进攻。不过倘使安南对日屈服，则敌人或将陆续输送大部队，进犯滇省。但滇越铁路工程非常艰险，沿路桥梁一经破坏，修复极不容易，敌人于此一线，也难有重大的进展。

如果敌人的所谓攻势，只是小规模的进犯，则长沙与韶关两重要据点，或将再度成为敌人的目标。但是过去的湘北粤北两次大败，已经尝试过了，我们当然更欢迎再来一次。

至于我军全面总反攻，虽尚等待适当时机，惟陈诚将军不久以前的声称，似乎这种准备已逐渐成熟。问题仅在时间的迟早，但可相信不致太迟。

最近华北方面的我军，已是非常活跃的状态。平汉、津浦、正太、同浦四大铁路已被尽量破坏，交通中断，敌人大感困难。正太铁路沿线，更展开剧烈战斗，敌人死伤数千，损失相当重大。北至保定、廊坊、通州，皆已受到我游击队的严重威胁。河北省沦陷最早，敌人尚且顾此失彼，其他概可想见。敌人如敢发动大规模的新攻势，不过是自速败亡而已。

（原载一九四〇年九月十二日新加坡《星洲日报》）

荷印·越南·以及中东

敌国实力南侵的另一支队，作为武力侵略先锋的打诊使者小林氏，已于本月十二日，到过了巴城。一面，荷方当局，亦已选任了经济长官范丽克氏，司法长官恩特芬氏，以及通商局长范奥盖斯屈拉蒂氏为代表，将与小林氏舌剑唇枪，先来一次外交上的折冲。

敌荷两方，现在所说的，都还是一套外交辞令，寒暄客套。图还未穷，匕首当然地还未现。干戈之外，仍还罩着玉帛的外衣。

虽则今后敌荷谈判的实际内容，现在还未由猜测，然大致说来，则敌对荷印的经济掠夺，当然是想趁此邻人失火之际，多抢一点好一点。如油、锡、树胶、铁、非铁金属、以及一切荷印的丰富特产，药草、金鸡纳等等，自然一概包括在内的无疑。假如是普通的两国经济交往，或商业关系的商讨，则荷印和敌国，一向还没断过正当的商业来往，又何必于此时派什么特使。若为了敦睦邦交，关心荷印的现状难保，则荷印已平安地维持了它的地位有好几百年了。现在除了东西两个黩武侵略国之外，又有谁会来危及此失了宗主国的南海孤儿？况且敌又为什么不向菲列宾、马来亚等地，派送特使，而单单要向这荷印，派出阁员来，作一番酬酢？

揣敌之意，这一次向荷印派遣特使之作用，当然是不外下列几种：

第一，先来探探荷印的虚实，在最近期内，可不可以以武力来侵略。

第二，因这一次的谈判，可以看出英美对荷印的关心更到了若何的程度；就是在试探英美对这事的反应。

第三，对荷印的这一次动作，可以分散世人，尤其是英美德的注意，借作掩护，俾便以武力强夺安南。

第四，若交涉办得好，使荷印亦如安南之容易上当，容易屈服，则乘机可以垄断全荷印的物产，而排斥英美两国在荷印的经济势力。且因美国禁止油铁出口而起的恐慌，亦可由此而得到补偿。若更能结下些秘密条约，则今后南侵的军事上，政治上的根基，也都可于此时打定。

上述四点，当然是敌寇此次派遣特使的真正用意。我们希望荷印当局，应以法属安南为前车之鉴，务须慎防侵略者阴险的毒计。须知得寸进尺，贪得无餍，是侵略者固有的心得。贪狼虽蒙上了羊皮，其原来的野心，决不会稍减也。况且敌在中国之泥足未拔，决无能力再来侵略荷印，而英美为保马来亚，澳洲，菲列宾，关岛等地之安全，也决不让敌寇在南海有所动作。对付欺善怕恶之敌寇。唯一的武器，就是"强硬到底"的四字。荷印安危，一系于此，当局者实不可不加以明察。

由荷印而来看越南，则败亡之数已定。安南一隅，今后恐已无复有自由平等之空气可吸矣。且传来消息之所以反覆不定者，多系出于侵略者故弄的玄虚。我之炸毁滇越路铁桥山洞，以及集中重兵于滇越桂越边境，当系唯一可靠的实情，我们今后，只须静候我军开入越南的消息好了。

不过敌阀在越南的猖狂，亦系短时间的昙花一梦；最后的运命，仍须待英德战事展开之后，才能决定。

德之侵英，虽似矢已离弦，马上有渡海进攻之势，然其实现，恐怕还须等中东德军进攻埃及，与向西班牙假道而攻直布罗陀之动作，同时发动。声东击西，为兵家常用手段，希脱勒之集中军队船只于法国沿海及挪威一带，或者系故意做作，也说不定；否则弗兰哥之去柏林，又为何事，而维也纳召集关于多瑙河区域之会议，又有什么作用在呢？

总之，英德决战，恐怕还有相当时日，英相邱吉尔之一两周内，德或将渡海来攻之语，谅系告诫国人，使增警惕之意。英德而未至决战之期，则东方强盗，恐亦将始终以恐喝作取胜之计，也还不敢擅兴兵戎，再在安南新辟一战场，而空驻下几万大军。至于兵侵荷印，更谈不上了。我们之所以要奉劝荷印当局，务须胸有成竹，勿受其愚者以此。并且，我在华北华中，已各处加紧对敌作局部歼灭之反攻，使邱吉尔之言果验，则东西两侵略国，或者会同时崩溃，也说不定。

（原载一九四〇年九月十四日新加坡《星洲日报》）

今天是"九一八"

时间过得很快，今天又是"九一八"九周年的纪念日了。关于这日阀公开侵略我国的最初蛮动的经过，想系我们每饭不忘祖国的侨胞们，所永不能忘怀的至痛事，现在可以不必再说。我们要特别于每年的这一个日子，不得不站起来说几句话的，是世界上的被压迫被侵略的民族，都应该存一个自力更生的心，联合起来，自己来解放自己。原因是为了那些不关己事的安定国家，对了隔岸的火灾，决不肯出死力来挽救的。

虽然，当时美国史汀生，也曾仗义执言，指斥过日阀的不该，要求过英国的合作，出来共同对付这一搅乱太平洋和平的罪魁。可是安卧在厝火积薪之上的英国，当时哪里会想到九年之后的今日，这些炮火炸弹，也竟能飞到伦敦的皇宫！

从"九一八"之后的意对亚比西尼亚的侵略，与夫德意合作，推翻西班牙民主政府的阴谋，以及这次欧洲诸中立国弱小国的被侵被并，原因虽则久已伏于"九一八"的敌阀的一举，然重要之点，总仍在于诸被压迫民族的不肯真诚合作，自己起来解放自己。

历史是循环，盛衰也是起伏互易的。我们的抗战伟功，虽则还未完成，但最后胜利的把握，已竟有了十之八九。洗雪"九一八"之耻，洗雪甲午以来的累代国耻的时日，恐怕已经不远了。要紧的，还是在我们自己的努力。

出钱出力，已经做到了我们的饱满点没有？精诚团结，已经有具体的事实表现了没有？抗战到底，最后胜利定属于我的信念，有时候有动摇没有？凡此种种，都是要我们来夙夜匪懈地反躬自问一下的。阖闾死后，吴王夫差，曾使人立于门侧，于出入时令喝门一声："夫差，尔忘杀父之仇乎！"夫差必对曰："唯，不敢忘！"我们的必于此日，想特别站起来向大家高喝一声的，也就是这一个意思。我民族代代，对这比毒蛇猛兽更凶恶万倍的敌阀，将永永不忘，非至寝其皮，食其肉，鞭其尸后，此仇方得雪也。

（原载一九四〇年九月十八日新加坡《星洲日报·晨星》）

"九一八"九周年

"九一八"这一个深刻的纪念日，想来不但是我炎黄裔胄，永不会忘记，就是在这九年之中，因"九一八"之敌寇暴行而模仿继起的被各极权国家所侵略，所蹂躏的全世界诸被压迫民族，也都将世世生生，铭刻在他们的心头，标记在他们的史册之上。

试请屈指一计，阿比西尼亚、阿尔巴尼亚、奥地利、捷克斯拉夫、西班牙的为自由而奋斗的一群前进国民，荷兰、比利时、丹麦、挪威、卢森堡、法国，以及现在正被炸得在水深火热中的英国民众，哪一个不是受的"九一八"那一次敌寇的暴行之遗害？

因为"九一八"暴敌之公然蔑视正义人道，信谊和平，国际条约的结果，我们第一就认知了凡不愿做亡国奴，而酷爱自由独立的民族，都须团结得坚强，反抗得彻底，固守着自力更生的信条，才有生路。

坐等着正义公平的最后审判的实现，坐等着各顾自己利益，或只想苟安于一时的各与国的干涉以求伸，直等于白昼的做梦，是绝对不可靠的蠢事。当时美国史汀生的强硬抗议，以及不承认伪满的宣言，虽系差强人意的举动，但是互怀着鬼胎的国际之间，要想他们真诚合作，杀一儆百地出来挺身作战，为正义而助人，为自己的将来或会被欺而先事预防，又是如何地艰难的一件事情？

国际联盟的决议案，被执行了没有？调查国的报告书，发生了一丝一毫的效力没有？在"九一八"以后的诸种国际分赃会议席上的诺言，被各虎狼似的侵略者们遵守了一言半语没有？天助自助者！我们于"九一八"这一次暴行中，所得到的伟大教训，当以此一语为最切实际。此后的"一二八"之役，"七七"的奋起而抗战，以及其后之粉身碎骨，万众一心的这一次的长期死拼的决心，都是由这一教训而产生的结果。在这里，我们可以看出你愈要想苟安，人愈不让你有立足之地的真理；在这里，我们更可以看出宁为玉碎，毋为瓦全的气概的价值。当时的不抵抗将军，后来也觉悟了；当时是视政治变动为与己不相干涉的东四省老百姓，现在也大家作为义勇军而起来了；在这"九一八"九周年纪念的今日，我们试一按过去，再瞩将来，真有无限的感慨，无限的兴奋！中日的大战，虽则起始于甲午，成熟于"九一八"，爆发于"七七"，而继续到现在；但是我们的敌忾心与警觉性，恐怕要一直的延续到最后胜利以后的若干年月，才能有稍稍吁气的一天。

从这一次的抗战现状来立论，我们的最后胜利，决不是只依存在一场两场的大小战争之上，也决不是可由一城一地的得失来决定的。敌寇所扬言的秋季攻势，或向云南、重庆，以及西北的最后孤注之进攻，无论敌寇现在的实力毫无，诸种狂吠，等于梦呓，即使真的胆敢进攻，而再白白来送几十万倭寇的死，也是与我们最后胜利的把握，绝对没有一点儿关系的。我们应该知道，我们的胜利是寄托在各沦陷区的永不能使敌寇有开发利用的游击之上，我们的全力，是附着在我广大众多，绝对不妥协的民众之上的。敌寇的以战养战，以华制华的毒计，一日不能实现，我们便多一日胜利；我们的抗战到底的坚强决心，一日没有动摇，也就增加敌寇一日的败亡。所以笔者曾经肯定地说过，就使敌寇能从安南而侵入我云南，获取我四川，只教我们不让敌寇有一个安然开发一时占领区的机会，最后胜利就依然是我们的。

况且敌寇的占领越南，志还并不专在侵袭我滇桂。而在国际的严密监视之下，我们的雄厚防御之前，敌寇还不敢公然以军队侵入到安南去呢！最多最多，也不过如小偷鼠窃，混入些浪人无赖，做点私贩密卖，行些娼盗奸掠的最无耻的勾当而已。

从敌寇扬言进攻的反面，我们先已发动了华北华中的游击健儿，在以事实答覆敌人了。从晋中晋东，我们可以控制华北的平原；从平汉路中段，我们可以直下武汉；扬子江东面的一段，从安徽到江苏，我们的炮队与游击军，始终在予敌人以无情的打击。就是整个似乎在敌骑践踏之下的山东腹地，我们何尝没有省县政府及游击团队在发号施令，逐日在索取敌人的代价？江南的新四军，时常逼近南京附近，即上海的近郊方百里之区，我们的游击勇士，也在大摇大摆，直进直出。

我们的总反攻，是化整为零，乘虚击要的。今后的与敌周旋，不在大决战的施行，而在各地小部队的同时进袭。敌人于兵源枯竭，经济崩溃的现在，还想应付我这四百余州的风云扫荡，当然是下愚者，也定知其必败。更何况小蛇吞象，在中国泥足未拔之此际，敌寇又在想伸足南进，觊觎安南荷印呢？

陈诚将军已经说过，我们的最后胜利，已不出一年了。不过在最艰难的这一个关头，我们对同情我国抗战的与国，希望他们更能切实助我，如美国的借款，与英国的开放滇缅路运输等等；对敌则尤须防止它的和平进攻，再制造媾和的空气。

等明年"九一八"到来的时候，我相信东西的两侵略国，必早已同时崩溃了。且让我们预定着明年的此日，中英两国各来交换公理战胜的祝电吧！

（原载一九四○年九月十八日新加坡《星洲日报》）

欧局僵持下的越南

美国纽约《世界电讯报》政治记者赖蒙克拉柏，曾认欧战将成僵持之局面。苏联《真理报》上，亦有人撰论，承认德国始终未能获得英海峡及泰姆士河上之制空权，而英国海上威力之海军，则尚依然未损其实力，是以英德战局，现在终不能逆睹其胜负。即从空战方面说，英德飞机之损失，为一比三四，而英德空军战斗员之损失，为一比七八，迄今为止，显然是德国的失败。并且空袭频仍，最多只能起一点扰乱作用，大规模之决战，仍非与海陆军配合进攻，不能发生效力。况且美国对英国之飞机供给，以后每月或有五百架千架之接济，是则英德空军，从质上量上说，今后都不见得英会比德较弱。而英之飞袭法比沿海一带之纳粹军备，及荷兰法德各地之军事储藏处，亦日日见效。德对柏林上空，尚不能保住绝对优势，没有完全的制空权，时被英机侵入轰炸，他处更可以不必说了。

准此以观，则德之侵入英本国，而欲再收一次闪电战术之奇效，似乎目下尚不可能。即使换一战略，压迫西班牙而参战，先攻直布罗陀，而南渡直布罗陀海峡，转入非洲，同时令意大利由索马里兰，及爱立屈里亚之马沙华与阿沙勃两港出师会攻红海之东口；一面再由利比亚而进攻埃及，先行截断英本国与远东殖民地间之海上交通，并可以封锁伊兰南部对英国之石油供给路线。此计固属甚妙，然英国并非完全无备者。我们但须一回忆英国国防总司令在前几日所发表之谈话，就可以知道。他说，英国不但对于本土，有十分圆满之军备，即在非洲，远东自直布罗陀至香港，无论何地之一军事要港，都有充分的准备。敌人来攻，将自食其报。此语当非寻常之威胁宣传，如希特勒之说八月奏凯，或二三周内可以攻下英国等瞎吹可比。

况且，难攻不落，直布罗陀早已在历史上是享有盛名的。该港自一七〇四年归英国以后，一直就固如磐石。击败拿破仑之役，此处且是纳尔逊提督之一根据地。以德意的弱小海军，即使再加上以西班牙的疲惫陆军，来围攻直布罗陀，至少至少，守上一年半载，恐怕是不大会成问题。况且经过三年内战，弄得千创百孔元气未复之西班牙，商业及经济上，仍须依赖英国帮助之西班牙，能否马上如希特勒墨索利尼之所愿，而参加战争，还很难说呢！

苏联《真理报》上，曾经说过，英国的海上威力，迄今还屹然未动。使意国而想收地中海为内海，则至少还须有美国海军军实之三分之一力量，方能与英国较量一下；我们但须一想离意本国最近的马尔太岛，至今还在英国的手中，则攻亚丁湾，攻亚力山大，又岂是易事？况且，阿剌伯英驻军有二十余万，而英埃的联合军队，总数且更可观。战事是须凭实力，并不是单指地图来划一路线，就可以唾手成功的。

况且，德意而可以嗾使西班牙参战，则英国亦何尝不可以拉拢苏联，土耳其，而向中东近东，掀起一道波澜？所以，由这各方面而来下一判断，我们还觉得西班牙的参战，或不至马上实现。利宾特罗圃之赴意，或为促成上述围攻红海地中海之计划；或为煽动罗马教皇及美国大总统出来提倡和平，也还难说。总之，美国记者及苏联《真理报》之论旨，我们认为是虽不中亦大远之确论。欧洲战局，入秋冬以后，或许会僵持下去，或许会另起一变局，都说不定。因为在非洲的许多法国殖民地，已在纷起反对贝当政府而决心抗战了，若战局持久，当然是于英国有利，于德有损的。

在欧局僵持之下，并且愈持久愈于英有利的局面之下过去，则远东方面的变化，自然也不会得有惊人的发展。敌寇对越南，始则集中海陆军于海南岛一带，而提出要求，继则更以最后通牒而作恐喝，现则更嗾使泰国陈兵境上，索还失地，一方面更令敌所派之监查员作撤退之姿态，装腔作势，种种恶劣卑鄙之手段，已可谓无所不用其极。然究其实际，则司马昭之心，路人皆知。敌寇之最终理想，唯在不用一兵一卒，而使越南自己屈服，在恶劣的政治攻势之下，收这一块南进据点地于掌中耳。但须越南能强硬一下，坚持抗抵，或与中国合作，而对敌示以宁为玉碎之决心，则敌寇之爱的美敦书既可以收回，则敌阀准备撤退之包裹行李，哪有不再打开之理呢？所以我们预料敌阀在此时际，只有严加压迫，使越南屈服的一手把戏。在对中国的泥足未拔，对荷印的谈判未成，对美国苏联的恶感未除之前，敌阀是决不敢再冒大险，而公然向越南进兵的。最多最多，也不过派些男盗女娼，多多混入，去干些走私密输的工作，做些鼠窃狗盗的行为，作种种无赖的勾当，而一时占点小便宜而已。在这关头，我们只能切实向越南的当局下一警告："切勿学贝当之屈辱而求和，应当学我国之挺身而抗战！"为奴为主，只在一念，对付强暴，是不能够用和平的手段的。

（原载一九四〇年九月十二日新加坡《星洲日报》）

美苏接近和远东

澳洲《雪特尼前驱晨报》驻华盛顿记者，曾在该报发表通信，谓英正在促美苏联合起来，对敌寇在远东之狂暴，共同加以制止。并且美国因徇英国之请，似已有和苏联接近之意。而对于美澳的联防，以及关于太平洋防务与英国的合作，亦已议定并行之原则，且将加强对中国之帮助，俾得增加抗战实力，一面又拟加紧对敌之禁运，使敌再无肆意破坏与侵略之实力。

此记事之内容，我们已获有多种电讯之证实，大约不久必能实现。尤其当敌寇正在急图荷印越南，取旁若无人之猖狂态度的今日，英美在太平洋的切实合作，更为不能稍缓须臾之急事。况正当美加联防成立之后，再加入一澳洲的联防，自属驾轻而就熟。所以，我们对于英美在南太平洋的真诚合作，认为系天经地义，不得不然的事情。但英美苏联三国对于远东的共同协议，究竟接近到了若何程度，现在却还很难说。

不过按之今年六月，英美新任大使的同时到苏，而英国大使克里浦斯爵士的工作尤其起劲，则我们对于英美苏三国的日见接近，特别是关于远东问题的意见一致，却也没有丝毫疑问的余地。

美国对中国，一向是取着友好的态度的。海约翰氏所主张之门户开放，机会均等，当系美国对华政策的一个基本原则。其后在华盛顿会议席上之重申此义，以及一九二三年九国公约之缔订，"九一八"事发后之史汀生的抗议，一直下来，到此次我抗战军兴，美国对敌阀之种种警告，与夫对敌通商条约之废止，并最近关于废铁石油之禁运，一贯下来，美国对远东的主张与态度，实可谓为有条不紊，前后一致之行动。

而在美国种种主张正义人道之声明与抗议之中，在敌阀南进益急的今日，觉得特别有重大意义的，当无过于对荷印维持现状，及反对滇缅路封锁的两事。

美国在荷印的投资，仅次于荷兰与英国，而荷印的树胶、锡、麻，以及金鸡纳之类的产品，又为美国国防上及日常生活上所必不可缺之产品。若一旦荷印的经济、军事、政治与物产，全部或大部被敌寇所控制，则此事不但将影响及美国的国防，即美国之日常生活，亦将起绝大的恐慌。

现在当敌寇的魔手，已渐伸入荷印，而方谋扼其咽喉，诱其入彀之际，美国若再不起来主持正义，制止敌寇之狂暴恶行，则将来在太平洋上，将何以立足？此征之于美国己身之利益，吾人亦必知美国决不肯轻轻放过，让敌寇安然占有荷印这一块黄金土地也。

是以，美国当英国正在和纳粹死拼，无暇东顾之此刻，毅然出而负担太平洋的防务，使海洋洲、南洋群岛之现状，不致有所变更，当然是极合理，极自然的处置。

其次，关于滇缅路的禁运，其实影响于我之抗战事小，影响于我对美输出，偿还借款之物资转运，如桐油、钨矿，以及其他矿产原料之事却绝大。

所以，英美在远东若果有彻底合作之诚意，则滇缅路禁运之一事，急宜立刻废止，恢复三月以前之原状。此事在英国，亦已有人在作大规模之运动，想英伦虽在被日夜狂炸之中，当局者总不至于置之而不问。

至于苏联，则一向是同情被压迫民族之解放运动，及反对武力侵略的。其对我国之援助与友善，自苏维埃政府成立以来，亦始终没有过动摇及改变。现在虽则关于多瑙河各国重缔新盟，以及罗马尼亚之倾向轴心独裁，不免在西方略有所注意；但对于远东，当然亦不肯放弃其历史的主张，使美国而肯捐除成见，伸手缔盟，则苏联亦必乐于响应的无疑。敌寇虽亦在竭力煽动，务欲博取苏联的欢心，阻止与英美的接近；但苏联的执政者们却早已胸有成竹，轻易是不会被敌寇利用的。

且苏联与美国，无论在远东或在世界的市场，利害上并无冲突矛盾之处；此次大战后之世界大局，亦正在等候苏联与美国的联合，方有重见光明之希望。纳粹与法西斯蒂，为威胁民主政治之大敌，苏联和美国的当局者，同时都看得很清。此次欧战结束之后，纳粹之凶焰，若不完全被英国消灭，说不定会转而东向，延烧到世界谷仓的乌克来尼亚去。德苏互不侵犯条约，不过为谋一时之便宜计，决不是永久的结合。斯大林当然也看得到的。因此之故，所以我们觉得美苏的接近，非但是十分可能，而且为保障世界文化，与人类和平计，亦属必要。

若果英美苏三国，对于远东，能联合起来，制止倭寇的暴行，则不出一月，倭寇就非崩溃不可。倭寇原亦早见及此。所以现在对中国，则先与汪逆订了什么和平协定，对我中央则在声言大举进攻，对荷印又在威胁利诱，想于短时日内攫取荷印经济、军事、政治上的各种优先权利，而对越南则正在百计恫吓，想使其屈服。所以然者，不过想于英美苏三国联合干涉之前，造成已成事实，使趁火打劫之计划，得完全实现也。

虽则现在敌寇之各种狡计，都还在分头进行之中，但我们却确信英美之合作步骤，已臻巩固，美苏之一致行动，实现也属不难，而决定敌寇运命之最后因素，当在我国之猛烈反攻。等我准备就绪，全线出以一击，则势如摧枯拉朽，敌寇自不得不抱头鼠窜也。

（原载一九四〇年九月二十一日新加坡《星洲日报》）

越南降敌后国际的反应

越南降敌之经过，约略已如前昨两天外电之所传；然据敌方之声言，则敌兵初入越南时之法军抵抗，亦相当地激烈。此从法方死伤百三十一人，被俘二百四十人之数字上，可以看出。虽则今后在越南境内，再有无此等壮举之发生，尚属一个疑问；总之，敌兵已侵入越南，而法国之投降政府，又已作了一次投降之事实，总已千真而万确。越南已矣，而因此所引起之国际反响，则正方兴而未艾。

第一，先说我国；对法提出严重抗议，固可以不必说，即为自卫计，立时进兵安南，亦属应有之事。不过越东一带，地属平原，以我军器配备较差之部队，而与敌之机械化部队相搏斗，是否合算，尚属疑问。是以，我第一步必先在越北山岳地带，先据重要军事地点，坚壁清野，以待敌寇之来攻，当为作战上之定策。敌取越南之主旨，倘果如敌阀之所言，纯为结束中国战争，则敌取攻势，我取守势，自属必然之理；倘敌之所言，而为锐意南进之掩饰，则敌兵正可不必北上送死，势将南下与西进，急图缅甸与泰国，最多最多，亦不过向我滇黔各不设防区域，来几次无聊的惨杀妇孺之空袭而已。这事在一月之后，便见分晓，现在还很难说。

其次，再说与越南壤地毗连之英国，据昨今伦敦之消息，则英本国因对越南此次降敌之真相未明，一时尚不作任何之批评。英当局之真正态度，当以本月二十八日滇缅路禁运三月的协定满期后之表示来决定，本报于昨日社论中，曾经言及，而敌方亦已先在作威胁之虚势了。这对于英国本身，实系决心放弃东亚权益与否之分歧点，我们总希望英当局能看清暴敌的野心，速与美国取一致之行动，而表示坚决态度以制机先，勿至噬脐莫及，致再临慕尼克退让之覆辙。

第三，美国的奋起制敌，现在当然是最适当的时机，纽约各报，已一致提议，用最严厉最实际之完全禁运石油废铁及其他一切助敌为虐之输出品，并召还东京驻日美大使以示意，为最高明之政策。而据合众社所得华盛顿方面之可靠消息，美当局似亦已下了决心，将采取空头抗议等外交酬酢以上之行动，而作一次对侵略国暴行无度的总答覆。

不过制止侵略国之暴行，用釜底抽薪之计，消极地减少侵略国之力量，原属必要，然而积极地出动军舰，速与英国联络，完成太平洋上的防务，以及大量地以物质经济来支持被侵略国之抵抗，尤属必要。关于此点，不知美国当局，究竟曾否计及，我们深望美国在最近期内，有积极的表示。

第四，从苏联的一贯立场来说，则对于弱小国家之横被侵略，应该表示反对，不过巴尔干半岛之风云方紧，而多瑙河区之防围未固的现在，向以和平固守为职志之苏联，是否能仗义执言，向敌阀有所表示，原属不可知之事。并且敌阀南进，与苏联之利害，最多亦不过有树胶供应上之冲突，其对越南之降敌，暂时只缄默旁观，自在吾人意料之中。今后苏联对敌之动向，当从英美二国，向苏联作用得如何以为断，倘苏联果能有高瞻远瞩之深谋，则对一向以反共为口号之敌国，亦当在事先防备及一二，不至完全取隔岸观火之态度。

第五，自由法国戈尔将军对达加之进攻，以及法国各旧殖民地之群起响应而作抵抗，系全世界被侵略国意气之表示；甚至远处在东方之不甘作亡国奴的法国子民，亦有奋起投军抗敌之壮举，当为对各侵略国之一种有力的示威，大约闻风兴起使顽者廉而懦者立之英勇行为，今后定将层出而不穷。直布罗陀虽被空袭，而全世界之反侵略气运，却已高涨到了极度的沸点。以敌之此次侵略越南为界线，今后之反侵略战争，在全世界必将愈演而愈烈，是可断言的趋势；东西各侵略国之气焰，此后自然只有日减一日的命运。

最后，要说到敌对荷印的侵略步骤了。荷印的地位与处境，与越南的不同，当然可以不必赘说，而荷印的当局似乎也不至于马上就会屈服，如越南的样子，这从敌使小林，到了巴城多日的现在，具体谈判，尚未开始的一点来看，也可以猜测到一二。此外，则荷印尚有美国在撑腰，自然也是它能够坚强不屈的重大一主因；但是最大的原因，还是在于荷兰本国虽已受了敌人的摧残，而女皇维尔赫敏娜，却仍是不主张投降的缘故。

所以，这一次荷印与敌国的谈判，虽然不至于同一九三四年六月在巴城的荷敌会商时一样，终至于使敌方得不到好果，但至少至少，荷印的让步，亦决不至如越南的屈辱，竟会完全失去了主权领土的完整。

不过反覆无常，进退不定，以威胁利诱之狡计，作得寸进尺之阴谋，是敌人惯弄的把戏，从前对我国的东四省是如此，现在对越南亦如此，将来对荷印，也决不会踏出这一个方式以外去的。荷印当局应该事先作预防，切勿再示以软弱，而使侵略的魔手得渐伸而渐长，这不独是荷印本身的存亡之所系，恐怕也是整个南太平洋生死之所关也。

（原载一九四〇年九月二十五日新加坡《星洲日报》）

欧战的持久和扩大

　　自从纳粹的闪电战术闪至海峡而失效，以及连日连夜的空袭，也不能动摇英国抗战到底的决心以后，我们就早已看出，欧战非持久不可。但兵连祸结，两虎相斗，自然双方都蒙受着不利。可是在美国竭力替英国帮忙，而纳粹法西斯的野心，又愈来愈大的此刻，欧洲的战局，一时却也很难有收拾的可能。战局一持久，自然难免于扩大。其在远东的小丑，利用邻居失火的机会，偷偷摸摸，来他一二次打劫。倘若仍不算欧战的扩大到太平洋的话，则此次柏林会议之后，在非洲，在地中海，以及在伊倍利亚半岛和巴尔干半岛，都有随时展开大战的可能。

　　据马特立的报道，西内相孙纳，仆仆于欧洲道上。所谈的似是关于西班牙的参战，及参战后所能得到的报酬问题。

　　然据我们及美洲各国的观察，都以为西班牙内战三年，元气未复，此时断难参战。且反弗朗哥之人民阵线的散兵，满布在比来尼山的前后，其数亦不下二十五万。万一西班牙当局一行参战，则此辈必将利用机会，乘时兴起。况西班牙在经济上，须英国接济，在物资上，有赖美国援助，若一经参战，则德意断不能补偿英美两国对西班牙的供应之缺。所以，我们认为非至德意胜利在望，或英国兵力全无之际，西班牙实不愿意加入轴心国去，而招至己身的糜烂。不过希特勒、利宾特洛浦等所惯用之手段，为极巧妙的威胁与利诱。再加上以墨索利尼与齐阿诺之压迫，则西班牙之被卷入旋涡，亦许在最近会成事实。

若西班牙而一参战，则葡萄牙当然亦不能安居局外，而维持中立；不附英，即依德，两者之间，必择一路，从此伊倍利亚半岛，就也不得不受烽火的洗礼。

再则，西班牙若参加战争，德意所能利用的，是以西班牙军去攻直布罗陀，并且假道西班牙境，大量送战车陆军及种种重兵器去非洲，沿西海岸而向南向东，实行分宰非洲之计划。据传此次柏林会议，早有以摩洛哥给西班牙，西非洲让纳粹德，埃及、斯丹、杜尼西亚，以及叙利亚归意之预定；是则侵略国家，过屠门而大嚼，先已将非洲地图划分好了，这当然是欧战扩大之最可能的一面。

另一面的扩大，当然是在沿巴尔干南端至地中海，红海，到印度洋的一段。万一希腊而被轴心国所侵蚀，土耳其当然会暗中受苏联的怂恿，表面对英国践盟约而参加入战争，巴尔干各小国，自然也会合纵连横，各自寻求依附国而□□，于是地中海的两岸四周就不得不成海陆空军的大战场。战场愈扩大，决战亦愈不易，循环因果相往复，欧战就又得因扩大而持久。

因欧战的持久与扩大，而影响及太平洋的问题，当然是美国在这一方面的责任，究将负至若何程度的一点。

敌寇与泰国之参加轴心国军事同盟，对欧洲轴心国原无多大的补益；但在太平洋上，用来威胁英美，尤其是威胁英国的领土与权益，却也很有一点效验。越南已入敌寇的掌握，是其南进第一步的成功；敌寇第二步的打算，当然是在如何骗住美国而勿使有实际的行动，自己则可跳过菲列宾，再将魔爪远伸到荷印。

美国在十一月总统大选决定之前，是很难有动兵用武的可能的。几次抗议，与几个宣言，在贪得无厌的敌寇眼里，自然比等于一张废纸的条约还无价值。大胆妄为的敌阀，虽则在中国泥足未拔之前，看准了美国的这弱点，或许会再来一次拼死的冒险，倒也并非是绝不可能的事情。

倘若敌寇而果出此举，则欧战便得实际地扩大到太平洋上，我国之苦战三年又四月的成果，便可以于此时采摘了。何以故呢？第一，因为在敌寇方面，军事目标愈分散，各处实力便愈小；第二，美国对敌寇所加的经济制裁，到那时才会发生实在的效力。第三，美国到了最后，也必然会使用庞大的海军力量，而加以一击。第四，敌寇国内的矛盾与破绽，也必于此际，同时暴露出来。有此四因，自然会发生一果，其□□□？就是消化不良，又因食伤而倒毙。我们平时所说的敌寇总崩溃，以及驱逐敌寇出境的总反攻，不到此期，就不会得实现，现在距这时期已经不远了。我中枢之军事负责人，曾声言过说，最后胜利，将不出一年；但依我们的观察，恐怕这期间还会得缩短至一半。

（原载一九四〇年九月二十七日新加坡《星洲日报》）

美国对远东及轴心国的态度

　　越南的消息，直到现在，也还是浑沌不明。有的说，敌法间之战争，业已停止，有的说，此后恐更将加剧。敌在海防登陆之讯，所传亦属互异，有的说，敌并未遇到抵抗，有的说，敌登陆前，曾以飞机轰炸，并报有炸死十五人之数目。

　　总之，推其原故，法投降政府与法驻越总督以及越南前线之驻防军，各自为政，不相为谋，是一个原因；而敌政府，敌本国军阀外交官，与敌华南寇酋，以及敌驻越南武官外交官，侵略军之小头目等，又各自为政，不相为谋，是另个原因。无论传来消息，如何歧异，但敌已侵入越南，而且不顾信义，有全部占据之势，却已千真万确。对敌寇此举之最明显的愤怒表示，除我国已进兵对敌寇加以夹击外，其次要算美国的态度，最为坚决了。

　　罗斯福总统，已下令完全禁止废铁石油之输出，这是对敌的第一个打击。英美在太平洋之联防，又进一步在商讨，借用星加坡军港驻美海军事，已至最后决定的阶段。不久美太平洋舰队，将由夏哇夷，马尼剌源源开至，在关岛军事建设未完成前，美太平洋舰队，将暂以星洲军港为根据地。伦敦先驱报驻华盛顿记者曾有明确的报道。这是对敌第二个打击。该记者亦说，此举实比一切抗议、声明，还来得有力。其次，则波士顿市民大会，曾通过了除战争外，将以一切财力、军力，援助英国与中国的决议，促政府即日施行，而实际上美国对中国之二千五百万美金的借款已被批准，这又是对敌第三个打击。

美国的这三种用以制敌的步骤，我们虽还嫌决行得太迟了一点。但东隅既失，桑榆可收，现在决行，犹未为晚。我们逆料半年之后，美国所加于敌寇的这种种制裁，就可以从敌方军事失势上来见应效。所以，笔者确信敌之末日，将于半年之后到来，因为在头几个月中，敌所预蓄之石油废铁，或尚能勉强应付，不至于即时大起恐慌之故。

对英美在太平洋之联防，敌寇原亦有事前的预备。德意敌三国，已签订公约六条，轴心国将联合商讨停止、扩大或延长战争的各计划，与实行军事同盟国对第三国的诸种义务了。敌寇之千方百计，想加入轴心国去，冀在此奄奄待毙之际，能得些德意的援助，可以缓和一下原料缺乏，金融枯竭等贫血绝症。总算是如愿以偿。

不过德意为先天不足之侵略国家，被英国封锁迄今，实亦已到了日暮途穷的地步。到了苦战一年以后的今日，哪里还有余力，来接济敌寇？最多最多，或者可以通过德国的互不侵犯条约的友谊，向敌寇一向反对最烈的共产主义国家苏联乞得些微石油之类的供给？但苏联对德意，最近因巴尔干多瑙河区等问题，亦已起了戒心，恐怕对这反共国家的摇尾乞怜，也不见得就会加以理会。

是以，经过了敌寇此番的南侵发动，与轴心公约的签订，对敌寇原只有义务负担的增加，与此后行动的牵制；而对我的抗战，则无异于多拉来了一批帮手。因为从此之后，世界上的侵略国与被侵略国，蔑视正义人道国际公法之黩武国与专爱和平信义的文明国，界限愈显得明白，团结自愈来得坚固。前此这正负的两大集团，因划分得不甚清楚，所以阵线也不甚明晰，行动自不免有点模棱：如英国之对敌让步，承认封锁滇缅路运输之类，都是这模棱态度的表现，今后可不再有这种矛盾的事实了。最近我在重庆与卡尔大使重启滇缅路运输的谈判，自然会顺利地进行，而英国对我在经济上、军器上的接济，或者也可以恢复一年以前的状况。

不过有一点还须注意，轴心国家系强盗集团，强盗之惯用手段，是穷凶极恶，虚声恫吓；其手段辣，其行动速，而拥护自由民主的文明国家，是君子集团，君子的缺点，是太讲礼让，鄙薄朋党；其居心仁，其防范疏。这从轴心国六条公约的内容，和英美□的联防议约来一比，就可以看出。我们深望英美的合作，以后能够加强而加速，并且勿为强盗国之虚声恫吓所慑服，则公理终可以战胜强权，轴心必至于乖离脱辐。此后之世界大势，当全看美国的态度如何，与决心如何了。

（原载一九四〇年九月二十八日新加坡《星洲日报》）

轴心国联盟与中国

当轴心国德意日结成军事政治经济的同盟消息公布之日，世界舆论，都指其系为对付美国与英在太平洋联防，及预防将来万一美国之或可能参加战事者。该同盟主意虽在威胁美国，而同盟约中则曾明言以欧洲德意对英战争及东亚中日战争为对象，虽则英国当局对此，尚未有正式之声明发表，然我中枢则已有宣言公布，表明了我之态度。

第一，我绝对不承认敌寇在东亚有领导之权，亦永久不承认所谓"大东亚新秩序"之有效。

第二，我对世界各国在东亚之合法权益，自然仍予以尊重，决不以武力或侵略手段来改变秩序。

第三，我之抗战到底，自力更生国策，决无丝毫动摇。

第四，凡助我抗战者为我友，助敌侵略我者为我敌之对国际信念，亦不至因此盟约而有所改变。

我国对该同盟之坚决态度，已尽包括在上述四款之中，兹拟再加以一言之伸引，借作内容之解释。

我国对政治领导方式，向有王霸之区分；以德服人者为王道，以力服人者为霸道，在我国虽三尺之童，亦认识得很清。所谓王道，是以和平公正之态度，作解纷排难，扶危济弱之举动，而使人心悦诚服者之语。准此而言，则过去唯我中国所取者，是此种态度；美国当日俄战后，在泰奥道·罗斯福总统领导之下，所执行之和平运动，是此种态度。岂有凶酷残暴之国家，实行趁火打劫之行为，而可以暴力强迫人承认有领导权之理？

并且强盗结盟，私相授受，此领导之权，究为何人所赋与？

至言及大亚细亚门罗主义，与大东亚新秩序等等，都无非是侵略野心之别名，对此名称不固定、内容解释亦常变动之欺人谎语，不但我中国绝对不能予以承认，就是位居东亚之各国，亦断断不能予以承认的。

中国对国际条约，及世界各国在东亚之合法权益，决不愿以暴力来破弃，是一向的主张。若因条约已不合时宜，或各国权益，有损及中国之主权与领土时，类皆以和平协议之方式来改变现状，这从改正关税及收回满期之租借地等国际交涉上可得证明。我国对门户开放，机会均等等国际口号，本来也没有成见，并没有垄断独霸的野心，当然世界各国所共见。

至于我抗战到底的决心，则已经再三宣示中外，非至敌寇尽行退出我国土，是绝没有动摇或妥协的余地的。况且自轴心国之盟约宣布以后，侵略国与被侵略国之界限愈分得清，对垒阵势，亦愈团结的坚强了；从我国的处境说，德意敌的联盟，对我的抗战反为有利；说到影响，只有使我愈感兴奋，愈有胜利的把握而已。

最后，是我之敌友的问题了。英美两国，依该同盟的盟约言，显然是轴心国的敌人，敌人之敌，即为我友，这当然是普通的常识。况且在过去，英国之助我抗战，亦不亚于美国。虽则因滇缅路封锁问题，致使中国民众，一时对英国大感失望；然时至今日，则该路之即须恢复原状，不但美国与中国民众，均抱此信念，即英国之有识者，亦同声提创了！我想英国的贤明当局，决不至于再受敌寇之愚，而重望与敌寇有调整关系之一日。

美舰之得借用星加坡军港，以及澳洲和纽西兰之与美国联防，且已渐将成为事实，难道英国对我之借用滇缅路一段运输，会横加阻碍不成？况且，援助我国，亦无异于英之自助，我们在昨天社论中，亦已经谈及。所以，今后英美对我之援助与友好，自然只会得日增，决不会得倒退，因为事实上是非如此不可，这当然可以不必再说。即以中苏关系而论，苏联虽似已被轴心国盟约尊重其中立，德外长利宾特洛，虽已有飞赴墨斯哥之消息，然在欧亚两洲，已全成了被领导国的苏联，对我抗战的援助，决无中途停止之理。

轴心国在过去，是以反共为目标的这一段史实，苏联当不至于会完全忘记，轴心国若万一胜利，实施其欧亚两洲之领导权时，苏联必将为其宰割这一个可能，苏联也决不会得看过。最多最多，因敌寇南进，与己国之利害无甚冲突，苏联或不至于打劫趁火打劫之人而已。所以，苏联与敌寇一时的妥协，或有可能，至加入轴心同盟，而对中国取敌对的态度，则万不至有此事。所以，我国国际问题研究者，亦曾以此疑问而在向敌寇索解答，足见轴心国盟约之矛盾，不单在埃及参战的一点了。

又若甚嚣尘上之西班牙，即使被迫而加入轴心国同盟，其作用当然只限于西欧西非的局部，与我之抗战漠不相关，当然还谈不到与我为友为敌的问题。

对于德意，系敌之同盟，虽则在实际上对敌的侵略我国，绝没有丝毫的助益，但既经公开宣布了盟约，则自然也成为我之敌国，是以我对德意之条约义务，已经解除，即视作外交关系，已经断绝，也未始不可。

总之，经轴心国同盟之公开宣布，在敌方则反成多树敌人，与扩大战场之结果，在我方则正得接近与国，与把握胜利之机会。塞翁得失，庶可于我今后之反攻阵容上见之。

（原载一九四〇年十月二日新加坡《星洲日报》）

美国、苏联与轴心国

近几日来，最轰动世界视听的消息，当仍无过于轴心国的同盟；此同盟虽系久在人意想中的一个结果，然经六条盟约的公开一宣布，即原来亦猜中八九的政论家，自然也不得不感到一点兴奋。

该盟约的第三条，显然是为对美国而设，我们在初接这同盟的消息时已经说过。不过美国的诸种政策，大抵都系受舆论的催逼的结果；而舆论一致之后，又经当局的专家们慎重计议，必群认为与美国传统，既无违逆，且与世界潮流，美国国运，亦皆无阻障时，始行公布，实施。是以在美国之一政策既经决定之后，便得沿直线而施行下去，决不至于中途有任何更换，这便是民主国与独裁国不同的地方。美国的援英，援华，反纳粹与敌寇的侵略，不承认以暴力改变世界的现状，是他们的既定国策，且也是已在开始一步一步施行的政策。不问前途有多大的威胁与障碍，在美国是政策既决之后，绝对非施行下去不可的。故而此次轴心国的同盟缔结，意若在恫吓美国，欲使美国在中途改变他们的既定政策，便系不识美国政治趋向的盲动行为。其结果，必适得相反的反应无疑。

侵略者们，只知美国的传统政策，是美洲的门罗主义；孤立派决不会赞成加入任何美洲以外之战事；美国对于世界任何一国，都无领土的野心。这原是对的，但是美国的门罗主义者，孤立派，是和英国张伯伦等不同的积极门罗主义者，与有远见的孤立派，却不曾为侵略者们所识破。所谓积极，所谓有远见云者，就是他们认定侵略者们若一胜利，则美国的门罗主义就守不住，孤立派就不能孤立，势必将被动地也被侵略。所以美国门罗主义的外围是在欧洲，在南太平洋；而有远见的孤立主义者，亦绝对与无抵抗主义者不同。明乎此，则美国自受到轴心国同盟之恫吓以后，反更进一步地非急施他们的既定国策不可的意义，就也可以得到解答了。

美国的加紧援英的步骤，恐将不止在西太平洋英美海军的联防，对英旧债之勾销，及军舰，飞机，坦克在与其他军器之大量供给，到了大总统选举事竣之后，恐怕还更将取再进一步的积极态度。其援华的限度，同时也不止在借予中国以巨款，完全禁止废铁石油及其他军器的向敌国输出，与不买敌之生丝等产品。从他们的撤退留华留港的美侨，以及尽量的扩张海军，训练陆军的决心看来，则明年四月，将参加战争之说，也并非臆测之谈。

而敌寇驻美大使堀内，还在发美日间破绽犹可挽回，但须在东京开诚意之谈判等梦呓，实属不识美国政治趋势之尤甚者，其可笑可悯，自可不必说了。现地的外交官尚且糊涂如此，更无怪东京《日日新闻》的论客，要说出怕不怕等小儿语来。我们可以直截了当的说一句，敌寇若果真是不怕美国的话，又何必说出来呢！

总之，美国是舆论可以左右政治，而既定政策不易变动的国家，敌寇若将苏联在敌寇前竟能一改历来态度，与纳粹缔结互不侵犯条约的例子来猜度美国，以为一面恫吓，一面献媚，就可以使美国改变政策，恢复旧日的邦交，那就是很大的错误。

与这次轴心国同盟，看来似很无关，实际上似乎也与欧战前和德国缔结互不侵犯条约时一样，对于侵略国和资本主义的冲突尖锐化，在隔岸观火，取幸灾乐祸的态度的苏联，表面上虽则是如此，但细按其内情，恐怕也并不如此的简单。

苏联的最大威胁，在欧洲是纳粹，在亚洲是敌寇，这系基于国家根本制度与意识而来的事实。政策可以临时转变，而国家的制度与国民的意识，却不能随时而移易。苏联的所以要取芬兰，并波罗的海三小国，收复罗马尼亚北境之旧地，在波兰与纳粹接壤处，步步设防的原因，就是为了防止纳粹的"向东方进攻"，对希特勒及其信徒之"誓欲获取欧洲的谷仓乌克兰"一语，苏联始终牢记在心头。对于轴心国的日渐肥大，月增军势，当然不是苏联的本望。对德国既如此，对敌寇自然也是一样。因为满蒙一带与苏联无天然的界线，亦无强固的屏障，海参崴的港口，且无时不在敌寇的海空军能侵袭的范围之内。万一苏联与敌寇结一互不侵犯条约，则敌寇可以抽出满蒙的驻军来大举侵略中国。待过一二年养肥之后，倘敌寇不南进而北上，转其锋以向苏联，同时又与欧洲之德意作呼应，来实行其亚洲与欧洲的所谓轴心国领导权，则苏联宁复有在世界立足之余地？并且，中国不是波兰，美国亦非英法，敌寇更比不上德国；

所以，敌苏互不侵犯条约之缔订，在这时我们认为决不可能。敌方之代言人，虽在故弄玄虚，仿佛要教人相信，敌苏间条约已经订定，究其实也不过是对美国对中国的一种虚声恫吓而已。

所以我们认为这次轴心国的同盟，对苏联在表面上似乎并不发生任何关系（因盟约中有对苏联不改态度的一□），在内中，恐怕一定会增加苏联对轴心国的警戒之心；若英美在此时，能一改过去的犹疑态度，而加紧对苏联的联系，则民主国对轴心国的一大阵线，也不难结成；而侵略国之凶焰，当能立时灭绝，苏联之南端防务，在巴尔干半岛，黑海地中海间之壁垒，更可由此而稳固。今后之世界大局，终须视英美在这一方面之作用如何，方能立下定论。不过苏联在相当期间，仍将取一静观态度，却是已定的趋势。

（原载一九四〇年十月三日新加坡《星洲日报》）

缅甸与中国之友谊

　　缅甸与云南西康接壤，同为喜马拉雅山东南支脉盘错之区，伊拉瓦底河流，且可直溯至中国境内。汉唐以来，上缅时为中国民族迁徙移殖之地。宋元以降，有时划入云南，有时封列藩府，直至清季（一八八六，光绪十二年）始并入于英。因缅甸与中国之过去历史，关系如此密切，所以在文化上，宗教上，政治经济上，永久是在一个系统之内的兄弟之邦。更从言语文字言，缅甸与西藏，亦属一个系统，若从此而追溯既往，则人种当亦为同族之一分支。

　　缅甸民族与中国民族之间，宜如手如足，如兄如弟，互相扶助，互相繁荣，固属天经地义，毋庸赘说之事。但近年来因敌阀蓄意南侵，派出许多间谍，假冒作商人僧侣，广至泰国、缅甸、印度一带，侦察虚实，调查地势，并利用各种机会，以收买贿赂等手段，在各地从事挑拨诸民族间之恶感，中缅之间，遂不无时有疏远之嫌。即如滇缅公路开始之际，敌人四出活动，收买缅文报纸，收买缅甸当局，散放谣言，谓此公路一开，中国劳动者势将大量侵入缅甸，可使缅甸人至无复有劳动之机会等等，百方阻难，意欲破坏中缅的交通往来，就是一例。

而在滇缅路筑成，中缅两地人民互通声气以后，敌人尚造作谣言，以敌机将飞至缅甸轰炸为恐吓，欲使缅甸之一部分人士，起而阻遏中缅的往来。敌人的挑拨离间，威胁利诱，其种种卑劣手段之使用，诚可谓无微而不至；然两民族间，终因历史、地理、文化的关系，幸未为所惑而中暗算。不但如此，自滇缅路开后，中缅的交谊，反而日亲一日。尤其自去年缅甸访华团，在宇巴伦氏领导之下，到我国西南各地视察以还，且成立了中缅文化协会之组织，以此中缅两族间之文化往来，势将更加繁密。不但已往之误解，可一扫而空，即今后之有无相通，危难相扶，亦决能别开一从来未有之生面。吾人对此之欣喜，自难以言语来形容。今年宇巴伦氏，又代表缅甸来南洋各地作亲善之访问，吾人对宇氏，更不得不致诚挚之敬意。

所可惜者，宇氏此次之行程远而且长，恐与吾人无作长谈久叙之机会，是以不得不乘吾人致辞欢迎之便，更举二三事以为宇氏告。

第一，敌人之挑拨离间，造谣威胁等卑劣手段，如上述者，亦可见一斑。然正当敌锐意南进之此际，吾人深恐敌之阴谋，犹不止此。现敌已获占安南，今后敌之魔手自必西向缅甸而伸。图缅之先，敌所惯用之手段，必为制造恐怖，扰乱治安，以夺缅甸人之心。如今年四月二十日，当回教同人正在仰光庆祝圣人降诞之际。嗾使印度教信者与回教信者发生冲突，致使死伤累累，民族间互起反感，一时人心陷于极度不安之一事，即系敌寇所派出之第五纵队工作的效果。又如上缅喀钦族间，为当局欲教以新创言语文字之故，致使山岳中喀钦部族，与国境守备兵发生冲突，争斗至数十日之久，暗中实亦系敌人在唆使之故。诸如此类之动作，为敌人欲施侵略以前之惯用毒计。吾人对于散处在缅甸各地之敌国佛教徒及照相营业者，与其他各种假装之敌寇商人等，都不可不加意防范；因此等敌国浪人，实皆系受敌阀指使之间谍，无孔不入，无恶不作，如虎如蛇，不宜放纵，使遗害于群众。

第二，敌人于施武力侵略之先，必以文化侵略与经济侵略为前导。如诱致缅甸学生，至敌国留学，灌输以种种不正确之思想，唆使反英，反团结，致使青年往往因而牺牲其学业与前途，即为文化侵略之一端。至于经济侵略，则有推销劣货，使缅甸本土工业不能发达；垄断市场，以贱价收买缅甸土产原料，如棉花、锡、铝之类等都是。吾人欲防止敌人的武力侵略，当以先防止此两种侵略为急务。

第三，滇缅路交通，不独有利于中国之抗战而已，即对缅甸之商业繁荣，实亦为一主要之动脉。例如中国全国粮食，就每年不敷，非由缅甸输入若干万担不可；而上缅之木材，油类，亦为中国消费品中之重要者。中国对英美之矿产输出，行经缅甸，即堆栈搬运两项，就对缅甸有绝大之利益。是以缅甸为欲助中国，而更资自助起见，则促英当局开放滇缅路运输，及修筑滇缅铁道，实为目下不可稍缓之急务。盖滇缅路可以横断中国西南部，而直达至长江沿岸，将来中国产业若一开发，则此路之重要，决不亚于粤汉平汉的一线。易言以喻，滇缅路在今后实系中缅两地输血之命脉。两地之繁荣与衰落，庶将由此路之能否充分使用而卜之。

第四，佛教文化，同时自印度而东渐，通过□□□□播至于中国高丽等处。当时之经典文献，有缅甸尚保存、而中国已消失者，亦有中国因翻出而留存、而缅甸已无有者，为发扬光大东方之伟大教义计，中印缅在今后尤不得不通力合作，以谋文化之沟通。即西洋文化之东来，其始亦先通过缅甸，然后始传至中国者，如马各保罗之所记述，即其明证。吾人为详订文化之源流，整理东方之学术计，觉中缅文化界尤更有密切联络之必要。

语短心长，此外实尚有种种欲告之衷情，上述四端，不过一时想到之大目而已，将来大驾临星，或可当面倾谈以求教，吾人先在此于谨致欢迎之挚意外，更欲一祝宇氏及同行诸君之康健。盖敌寇临门，中缅各在受侵略威胁之今日，吾人对民族国家之责职，正重且繁也。

（原载一九四〇年十月四日新加坡《星洲日报》）

欧战重心的转移

　　最近纳粹因渡海攻英的计划，既成了画饼，而飞机狂炸英伦，又没有收到什么效果，不得已便只好广求同盟国的协助，想在无可奈何中寻出一条生路，但是各侵略者，到这时候，都已精疲力竭，是奄奄一息的时候了。从纽约传来的电讯，却又报有欧洲的两独裁者，重在计划着什么新花样。近日会晤之后，或有将战事重心，移向近东中东的消息。这消息若是可靠的话，那么欧战的展开，今后自然将在地中海，红海的两岸，以及非洲大陆上决一下雌雄。

　　先从地中海的北岸来说，巴尔干半岛，若仍保持现状，不动干戈，则意大利进攻的路线，当从马尔泰岛起，越过希腊的克离脱岛，东向英领赛泊拉斯岛，进叙利亚的一面，是一路。南岸呢，则自然是从利比亚而进攻埃及；可是这一路的战事，虽已发动很久，但到现在为止，却仍是没有什么进展的样子。更从近数日的战讯综合起来观察，则意大利的飞机战舰，始终没有显示过什么威力，对英国的战斗成果，似乎只在日益减少。所以在地中海上，即使有纳粹的飞机去助意大利作战，据笔者看来，恐怕所收到的效验，也决不会得比它们的轰炸英伦，更有什么成就的。

再看红海的一段，意大利的海陆空军，若是够得上和英国较量的话，那从索马里兰，吉布的，和爱利脱里亚出发，沿海北上，越过英埃苏丹，可以和西路利比亚的军队，夹攻埃及。渡海而北，则又可以向亚丁，丕林姆进攻，上阿剌伯去切断英国和印度的通路。

可是仅仅为攻取英属索马里兰的一片海角，已经费尽了九牛二虎之力的法西斯军，现在究竟还有这样大的魄力没有，却是一大疑问。

总之，在地中海、红海的沿岸作战，无论由运输调遣方面，或粮械接济方面来说，制胜的第一个关键，总还是在乎海军。而英国的海军实力，即使没有美国的援助，现在总也还是在意大利之上。"望洋兴叹"，这句中国的古语，可以很贴切地说出意大利在这一方面的苦衷。

若从非洲的北部，沿地中海红海的两岸而转看非洲的大陆，以及西非、南非、东非的三面，则局面自然又更觉得复杂。

西非洲的大部分，除里倍利亚以外，本来是法国所领有的，假使原来的法属西非各地，包括第一次欧战以前，德国的旧殖民地如妥哥阑、加美隆等在内，都是可以由纳粹法西斯蒂左右的话，则沙立拉沙漠的全部，或者可以仍复归德意去占领，这是毫无问题的。可是，第一，这些法属的领土，现在还有大部分，是在倾向于自由法国，而不甘屈服，至少至少，如达加之类，也在两不依附，想维护它们的独立。第二，西班牙还没有加入战争，德意的陆军，想渡海过去，也并不容易。而第三，即使西非洲全部归入了独裁者们的魔掌，对于英国，及英德的决战，影响也终是很少很少的。

在赤道以南的南非呢，以开泊汤为中心，当然全是英国的势力范围，纳粹，法西斯蒂，若想向这一面去发展，则除非有几十万的陆军，沿西非而去包抄后路袭击之外，主要的还是要用海军去向前面进攻。可是海军，是德意的弱点，已如上述，希脱勒和墨索利尼无论用尽什么法子，想分割这一块地盘，现在总还是鞭长莫及的马腹。

绕好望角而北上，陆地依洛特西亚为联系的英属东非洲，虽是以后世界最有希望的铜矿产地，但德意若想进攻，其困难和南非洲的状态一样，意国假使调索马里兰的军队而南下，则亚比西尼亚一带的意属非洲帝国，就会得立时崩溃。

在非洲大陆作战，除沿海地带，须用海军外，陆上的交通不便，和饮水军需的不易接济，是两大困难。这虽系是对交战国两方同样的苦事，但有海军可以利用的一方，究竟要占许多便宜。所以，从大局来看，即使德意对非洲是如何的眼红，但在目下，要想以武力来制服英国，却也是一件不容易的工作。

纳粹的一出拿手好戏，利用第五纵队去煽动非洲土著，嗾使他们起来骚动捣乱，或者可以使英国一时感到棘手。但一时的捣乱，其后若无大军接着前去进占，终也是等于狂炸英伦一样，不会有什么成果的。

综上所述，我们觉得即使欧战重心在最近会转移到中东或非洲大陆，但胜负之数，仍不可以逆睹，而战事若延长到明年，则英国因获有美国的积极援助，局面自然会得一变而有利。所以，英国之战德意，同我们的战敌寇一样，只教时间可以持久，最后胜利，就毫无问题。

谈到了敌寇，我们在最近又接到有英美切实援助我的消息，就是美国的对我再借巨款，与英国的决将滇缅路重行开放，所以于估计德意对英在地中海红海作战时，未曾将敌寇之海军算入。因我们敢断定，敌寇以后将如泥人落水，保自身尚不容易，决无余力去助欧洲侵略国作帮凶犯的缘故。

（原载一九四○年十月五日新加坡《星洲日报》）

滇缅路恢复运输后的远东

当敌寇向英国提出要求，希望滇缅路禁止军器运输的时候，我们就向英国当局忠告过，侵略者的胃口，决不可以给予甜头，加以刺激，否则就会得寸进尺，欲壑愈填而愈深。你若想以让步来绥抚，结果只有一个失败。事后果然，英国于对敌让步后不久，便有敌寇对各地英侨，无故加以逮捕与虐杀之举；继而更不顾英美维持南洋现状之声明，又大举侵入安南，作南进之尝试。至于最近的轴心国盟约之签订，与我租给英国的刘公岛之占领，是明明白白，已在对英美取敌对的行动了。

本来，敌寇对中国并未正式宣战，它的无理向第三国的要求，是不合国际公法的。但英国一面想再试一下绥抚，以为敌寇对英的态度，因此或可以变得缓和一点；一面或亦为想从中调停，使中日战事得早日结束，故而应允敌寇封锁滇缅路军火运输三个月。现在英国可也已看清了敌寇的冥顽不尽，不复再可以理喻了，故而毅然决定了滇缅路的重行开放，这对我今后的抗战，自然会有很大的帮助。我们在这里，可以先声明一句，中英的国交，将从此而更进一步，从前中国人对英国所怀有的不快之感，也可以因此而一扫。

当滇越一路，终被敌寇在安南截断之后的今日，滇缅路的运输，对我军器的输入，和土产的输出，是如何的重要，以及敌寇即使来炸，也当然不会有什么效果等，我参政员杭君已经说过。我们今后，当一层更上，将滇缅铁路，也敷设它成来。使这一方面的交通，可以直达到扬子江边，则我国现在的抗战工作，和将来的西南开发，自然会有长足的进步。

从这次滇缅路的重行开放，英国因而广得了美国苏联和我国的齐声赞颂的一点来看，我们觉得对付侵略轴心国的反侵略同盟，即英美中苏四民主国的紧紧联系，并不是不可能的。况且现在德意已承认攻英失败，在改变战略，将精兵抽派到罗马尼亚去作东进（纳粹）与南下（法西斯蒂）的准备了。苏联为保守乌克兰的谷仓，自然是乐于和英美携手的无疑。

至于远东的局势，在英美已坚决表示了态度的今日，敌寇自然只会得退缩。大胆的敌阀与傀儡近卫，在中国玩火三年，人力财力，早就消耗尽净。近更侵入了越南，陷入泥沼的一足未拔，而另一足又将有被胶住之势，今后还哪里更有能力，想与英美在太平洋上争锋？

当然，德意是在日夜压迫敌寇，要它向马来西亚和缅甸进攻。但矮子进闹场的苦楚，只有敌寇自己心里明白。这签订轴心同盟的结果，将渐渐地在它的兵力分散，和资源断绝上见到应效。

敌寇对荷印的资源掠夺，这一回恐怕也要受加入轴心同盟之累，使它今后将无法可施。因为敌寇之威胁与蛮干，到了目下，已达到了最大量的饱和之点。此后敌对荷印，决没有像对安南那么的容易得手。譬如说以海军来威胁吧，则菲列宾与星加坡的两道难关，将如何的越过？苟以空军与陆军来威胁，则敌对中国侵略的陆空军还嫌不够，又哪里来这许多飞机和人马呢？

所以，因美侨的撤退，与美国海军后备军的召集之故，似乎远东的局势，异常紧张，太平洋上的大战，仿佛是将一触即发的样子。但依笔者的观察，则敌寇决不敢轻易盲动。对于滇缅路的开放，提提抗议，或者是□□的举动。至于出以实际行动，竟向马来亚或缅甸进兵，则敌寇虽愚，恐怕也决不会这样快的就图自尽。因为在太平洋上向英美启衅，实际上是等于自杀的一点，敌寇原也知道得很清楚的。

因滇缅路的开放，英国的态度，总算明朗化了。此后香港对我的接济，自然也可以渐渐恢复以前的状态。所以，我之抗战，今后也将进入一新阶段。等苏联的态度决定，我之军器运到各战区之日，便是我总反攻开始之期。东西侵略者们的命运，将在这半年之内被决定了。愿我海内外的同胞，在这最后制胜的关头，再来尽一下力！

（原载一九四〇年十月十一日新加坡《星洲日报》）

巴尔干现状与苏土英

自从纳粹攻英失败，将其精粹之军假装作为罗马尼亚训练新军的军官团，而混入罗国以后，连日电讯，详报德军之开入罗马尼亚的，已约有十师团以上。最近且报有大批海空军亦开入罗国，将以黑海之康士坦萨为海军根据地而从事于海军之扩张与建军，至于德国飞机之来往于罗马尼亚领空，那更是当然之事。因此之故，巴尔干南部之各邦，如保加利亚，南斯拉夫，希腊，以及土耳其等，遂各起戒心，大有岌岌不可终日之势。

若以纳粹闪电战之精兵，更加以意大利军之辅佐，大举而临保加利亚、南斯拉夫，或希腊诸小国，则胜负之数，自可预卜。不过苟欲通过土耳其，而长驱入叙利亚、巴勒斯坦，则此事亦谈何容易。

第一，土耳其一千七百万人口之中，可以应用之精兵，共有一百五十余万。新土耳其之海陆空军，各有现代配备，各具国家民族意识，且自第一次世界大战以还，在开麦儿第一任总统领导之下，土国军队曾转战各方，迭著战功。其战斗力之坚强，决非欧洲各小国如荷比丹麦等之军队所可比拟。所以，纳粹之目的，若只在占领罗马尼亚之油田，与夫□国之食粮产品等之掠夺，则事实上或可办到。除此而外，恐怕发展也不会有多大的成就。因为与土耳其及巴尔干问题联关的，还有英苏等国在。纳粹法西斯蒂的如意算盘，决不能一直的打通下去。

英国在东部地中海之军备，在平时就不肯放松，因为要想保伊朗与伊拉克等地之汽油供给，以及与印度、南洋及远东之交通联系，则红海，苏彝士河，地中海的一段，对英国无异于输血的主要动脉。从印度洋的波斯湾起，沿阿剌伯的南岸，由亚丁而至地中海之赛泊拉斯岛，哪一处不驻有充分之英海空军以资防御？自从法国屈服，对德意单独抗战展开之后，英对于这一方面的防御准备，自然只会得加重。各殖民地军队的源源开至，以及大量军需机械之储藏，在前一月，已很可观。英国国防总指挥岂不早就声明过了么？"英国的国防，不但是对于英本国，配备得十分周到，就是其他的英国属地，自直布罗陀而至地中海与东南非洲，远及于星加坡，香港，亦已巩固得如铜墙铁壁了。"这一句话，当然不只是空向侵略国家的大言威胁。

并且，在一九三九年十月缔订之英土法互助盟约，并不曾因法国之中途投降而失效。至今英土两国尚保有着极密之关系。德意若不顾一切，而长驱南下，则战线延长，敌国增加，是一定的结果，纳粹狂徒，虽有时会因疯而失去理性，但对这一点利害，或者是还看得清的。

其次，因纳粹占领罗马尼亚的结果，直接发生危惧的，原为巴尔干南部各小国，但间接不得不起戒心的，自然便是苏联。

苏联自从巩固了北部的边疆芬兰，收回波罗的海沿岸的三国，以及恢复波兰的东部失地之后，所余的就是南面的一道防御线还未打稳，使黑海的苏联舰队，得自由通□□□□□□及达达纳儿□□，原是俄国历史上的宿望。然至少至少，为保守南俄的谷仓乌克兰及高加索起见，则黑海的军港奥迭萨，断不容许他人擅来窥伺。现在纳粹既占领了罗马尼亚，又想在康士坦萨建立海军，则苏联显然已受到绝大的威胁。路透电讯所报道的苏联在倍萨拉比亚一带业已增兵预防云云，当系自然的结果。

因此之故，苏联与土耳其的关系，以后也只会得日密一日，不问轴心国家如何派使节团去向苏联打躬作揖，苏联为保持己国的安全，终不肯轻轻与轴心国联合在一起，是可断言的。

须知苏联并非侵略国家，它的政策，始终是一贯的中立，而这中立政策的核心，就是在于保持苏联本身的安全。关于苏联这一保持本身安全的外交政策，英国国际问题研究家华特女士，曾有很透辟的论断。照她的所说，则苏俄从前之签订勃莱斯脱·立多斯克屈辱条约，以及此次与德国结互不侵犯约定，并分割波兰，奠定北欧，都不外想确保自身的安全而已。因俄国幅员之广，疆界之长，并因国内一向之政治、经济、文化之停滞，俄国对于四邻，无日不在危惧之中。即革命之后，无产阶级专了政，欲促成世界革命而未成，于是便不得不锐意经营内政的现在，其亟欲确保己身安全之观念，仍旧和往日是没有分别的。

所以，纳粹的占领罗马尼亚，一面虽似扩张了领土，增加了汽油粮食的供给之场，然其他一面，则和苏联又发生了间隔，其为利为害，现在可真难说。这和敌寇在远东，因占领安南，而招致美国的反感，至有目下撤回远东美侨，和敌寇断绝经济通汇，以及召集海军预备兵等结果，也许将成很好的对称。

我们相信，轴心国到了现在，已面临一绝大危机。若不及早回头，临崖拉马，恐怕就会有崩溃的现象发生。我们且看在最近半月之内，德意究将取哪一种的步骤，和敌寇在远东，将作怎么样的帮凶行动吧。

（原载一九四〇年十月十六日新加坡《星洲日报》）

滇缅路重开与我抗建的步骤

　　滇缅路三月禁运军火之期，今天届满，自明日起，大量积存在缅甸境内的旧军火，以及新自苏联美国等处运来之弹药飞机，与军器原料等，又将源源运入我抗战后方，作有效之接济了。我抗战实力，就是没有外来的接济，也很足以应付拖累三年，业已精疲力竭的敌寇。这可以从最近我克复马当，攻占周围重要据点，及在安徽、浙江、江苏、江西、湖北等地，迭获胜利的消息上获到证明。所以，我已愈战愈强，敌则愈来愈弱一事，并非漫无实据的口传。当然，在今后我反攻的阵容上，大炮飞机、弹药汽油等的供应，自然是愈多愈好；滇缅路运输恢复以后，我之战斗力将大大的加强，自属必然之事。这从物质上来讲，是这次滇缅路重开，我所获得的实际助力。

　　至于因这一次滇缅路的重开，我在精神上所获得的助益，较之物质上的实益，恐怕意义更为重大。

　　第一，因这次滇缅路的重开，英美与我，事实上不啻已结了同盟，坚强地列成了一条阵线。

第二，我海内外同胞，以及前线将士，得了这一个消息之后的兴奋，当比什么还能起巨大的反应，及后的加倍出钱出力当系必然之事。

第三，我之精神振奋，即敌之打击颓伤，以后敌国内外反战运动，自然会更加热烈兴起，而敌在前线□伏于防御工事以内，不敢离城池一步之厌战将兵，将更生畏惧恐慌之心。

第四，敌在拼死命献媚拉拢的各中立国，如苏联等，将鉴于敌之必败命运，而不理会敌之哀求。

即此四点，已足够使敌胆惊碎，站立不稳了，其余细节，更可不言而喻。至于敌在此后向我滇省各地的横施滥炸，自然也在我意料之中。我散疏的散疏，戒备的戒备，种种应付之策，当局者早已有成竹在胸，决不能使我后方实力，会有丝毫的摧损。

敌机对我文化慈善机关，与第三国使领给医院教堂，以及老弱妇孺，滥炸得愈厉害，我之复仇雪耻之心，反愈坚决，中立国对敌之恶感亦愈深。这种跳梁恶技，断不能动摇我抗建工作于万一，是谁也看得到的。沦陷之前的广九路，现在的行都重庆，岂非也日日受到敌机的滥炸的么，我们的抗建决心，有一点动摇没有？

是以今后我之抗建步骤，不愁敌国外患之加凶，更不愁各民主国助我之不力。最重要的一点，还在我自己政治的澄清，与团结之加紧。当滇越路尚未被敌寇截断之先，负责管理此路者，少运□□之军需用品，多运足获巨利之私货一事，几成公开之秘密。致使寇兵开入安南之日，我尚有大批运货汽车及大宗军需弹药，积留在安南境内。此次致中央不得不颁发明令，对于滇缅路，以后绝对禁止运载私货。此景此□，言之伤心，贪污官吏，其□□□□，其罪比汉奸更加一等□。

对于专为军事设置之运输路线，尚有此等败类混迹其间，则后方之各机关，各党政要枢，尚有重重黑幕，自然更不待言。即以后方各地物价之惊人高涨一点来说，其原因大抵在各贪污官吏之囤积居奇。重庆的经济学者及专家们当开会讨论时，各已确凿拿出证明，在大事声讨了；此等败类，若不除去，则我抗建之根基，又哪里能立得稳固？

说到我们的团结，本来是不成问题的，然自抗战发动以来，三年又三个月之间，仍复有不少磨擦或误解之事实发生者，一半原系由于汉奸们之挑拨离间，一半则显然系出于不明事理之投机党棍，在兴风作浪之故。三民主义青年团中之败类，甚至有出卖同志名单，而向汉奸政府投诚输款者，此虽系少数分子之耻辱行为，然害群之马，不可有一。过去党中政策，阴阳二面，与夫各据小组织而争夺势力，实即促生此种恶现象之根源。此风不去，后患无穷。

须知我们现时，并无党派，亦无阶级，此际只有抗敌与卖国的两大境界。凡抗敌者，都系同志，反此便是卖国汉奸。事甚分明，亦甚简单。所谓防止某派活动，以及与自己人争夺民众等等，都系破坏统一，减少抗战力量之行为。我们只须清算此种偏见，克服宗派主义，放弃私人权势利益，一心为国，一致抗敌，则团结便不固而自固，力量亦不增而自加了。

既已澄清政治，巩固团结之后，则抗建之初步基础，可说已经打定，其次便是紧握时机，如何利用我伟大的民众力量的一点了。

向敌反攻，是要齐一步骤，同时并进，方能收效的。既获胜利于甲地，对乙地亦不可以放松。而敌前敌后，辽阔漫长的战线之上，只有动员民众，方能制敌之死命。民众之能被运用与否，要看各地党政军的当局，平时工作做得如何以为断。未闻有亲民爱民之长官，出战不获胜利者；亦未闻有纪律败坏之军队，得完成其任务者。我中央之向□□派□□□□□□□□□□□□□□□□□□伪组织争夺民众之主要关键，成否亦在于此。

总之，抗建工作，万绪千头，生聚教训，在在要费九牛二虎之力，方得有极微细之成效。我们今后要不骄不馁，不休不急地努力下去，才能最后走上最后胜利之坦途。滇缅路运输开始，对我原有绝大之帮助，然而要想收到旁人助我之实益，还须先求我们自助得力才行。

（原载一九四〇年十月十七日新加坡《星洲日报》）

敌寇又来求和

昨日上海路透电,曾传有《字林西报》北平通讯员之消息,谓敌寇近似又在向我中央求和。盖因敌攫夺越南,不费巨大兵力,故敌海军界之威信大振,而由海军界中人所提倡的敌南进较为有利之论,遂嚣尘上。随而敌陆军军阀不得不大受敌国朝野之鄙视;因敌陆军军阀,为满足个人之升官发财欲望,无端发动对我侵略战争以来,历时三载又三月,壮丁伤亡一百七十万余,金钱耗费两百万万元以上,而归根结蒂,还不知以后更将伊于胡底。是以敌之当局者们,亦觉得此事太不合算,故而频频想以诱和手段,来结束对华战事。

据称,日本向重庆提出之和平条件中,有(一)划扬子江流域为非军事区域,(二)华北五省,中国仍保有宗主权,但须成立自治政府,同时敌有完全控制经济之权,(三)须承认伪满洲国,(四)所有各商埠,均辟日本租界各项。若欲以此条件而梦想向我求和,则敌阀之头脑,实太简单,使我而可承认此等屈辱条件,则芦沟桥衅起之日，故张自忠将军早就可以与敌签订平津约定矣，又何必含辛茹苦，全民抗战，与敌硬拼至于今日？

我之抗战国策，早已昭示中外，非得最后胜利，中途决不妥协。而言和条件，亦极简单，即须保持我中华民国领土主权之完整；具体言之，即敌寇须扫数退出中华民国领土（包括东四省在内）以外，且给予以今后再不敢擅启衅端之保障，而附带条件，为承认台湾与朝鲜之解放，与库页岛南半部之无条件归还苏联（赔款问题另议）。除此以外，我与寇实绝对无谈商之余地。

盖我之抗战，不独为求我民族之自由解放，实亦拥护世界之正义人道，与民主主义。使我而一上敌寇诱和之当，□敌寇之泥足拔出，抽调其百余万侵华之军队，南下可攻缅甸、马来亚、菲列宾与印度荷印，北上可与德意夹攻苏联；太平洋上，将不许第二国之舰队来往，而轴心国分割世界之野心，便得大逞矣。我中华民族，素重道义，亦崇侠烈，为己国之利益，而轻轻出卖友邦，牺牲他人，只图驱狼虎而入人圈中之事，断断非所欲为。况敌又为我前线阵亡将士，后方流离同胞数十万人不共戴天之死仇哉！

我为实现孙总理之三民主义，此时不得言和；我为保障海外数千万侨胞之福利安全，此时不得言和；我为粉碎轴心国之独裁暴政，此时不得言和；我为巩固我统一建国之基础，促进我民族自强之信仰，此时尤不得言和。敌人和平进攻之狡计，对我原不值得一笑，然对敌，对南洋群岛与英美苏联，却实实在在，是一大问题。

假使敌在目下，得与中国言和而停战，我们试问，敌之侵华大军，将转向何处？而今后之世界局面，又将变成若何模样？凡与太平洋有关各国，但须一思及此，则对我抗战意义之重大，当能立见。是以苏联美国，对我军器与经济之接济，英国滇缅路之重行开放，实非只有利于中国盖亦皆为救助自己之手段。而我之抗战到底，亦非只为求自己之生存，间接亦为救助各弱小民族，以及保卫与我抱同一理想之友邦。

总之，当此抗战渐入佳境之现刻，我们为人为己决无与敌寇言和之理。而敌寇频来诱和，就足以证明敌之实力已消耗尽净，非但征服大陆之梦想，决无实现之可能，即南侵而趁火打劫之黄金机关，亦将白白地错过。敌与荷印之谈判，显见得已经失败，□美□的□□□华，□□□□□敌寇之□脉，从国际情势好转，与各战线上之捷报频传的两点看来，我们去最后胜利的阶段，已极近了。希望侨胞们勿为敌和平谣言所煽惑，齐心协力，再将我们的所有，全部贡献给国家，以完成这抗战建国的重任。

（原载一九四〇年十月二十八日新加坡《星洲日报》）

简说一年来的敌国国情

　　去年敌国一年来的政潮起伏，对国际对中国的态度变幻，虽则丑态百出，奇形毕露；然而简单的说一句，就是因对华事变的冒险失败，经济濒于破产，政治已经破产；想全国法西斯化，而又化不成功，想结束对华事变而又结束不了的断末魔的苦闷。

　　一九四〇年即敌国昭和十五年的开头大事，就是在我粤北的一次大败仗，打得那些华南贼寇，抱头鼠窜而逃，伤亡将近二万余人。而敌国内的第三代短命内阁阿部，却因国民生计的困难，低物价政策的失败，米、电力、石炭以及一般资源的枯竭恐慌和少数阁僚的不易补充，政党间磨擦的尖锐化，更加以军部对他的不满而下场。

　　继阿部而起的无米内阁米内，当然也不是能炊的巧妇，一月十六日上场之后，首先就碰到了美日商约废弃的一个硬钉。通货恶性膨胀，黑市横行，继米粮、电力、石炭，及日用品不足之后，更加上了壮丁死亡日多的劳动力的不足，因此众怨沸腾。人民对军部对敌阀侵华失败的不满和愤慨，就在第七十五次议会开会之初，变作了斋藤隆夫向军部向当局的严厉责问辞，而引起了摇动全国的大波澜。

这一场风波，总算是将斋藤免去议员职务而勉强收了场。但泛滥在全国各阶层间的不满与不平，却是无法消灭的。因而敌阀情急智生，为消灭国内的反抗与厌战倾向起见，就加速使阿部来南京与汪逆私订和约，想借此以欺骗敌国的百姓，但事机不密，这和约全部，又为高陶所揭露。

国际间的情势呢？因外相有田八郎，想缓和英美，拉拢苏联而失败的结果，法西斯军阀就乘机抬头，当四五月欧战扩大，荷兰危急之秋，逼迫有田，发出所谓关心荷印的谈话，趁火打劫，认为"若欲实行新秩序""大东亚经济圈"等，这正是黄金不符的机会。敌寇南进的暴徒侵入以后，又有什么"大东亚"的声明。不但如此，当荷兰被纳粹吞并，军部法西斯，尤认传声筒有田的声明为不足，于是更群起而攻击有田的所谓"东亚门罗主义"的一段声明，是未经四相会议通过的。对于米内内阁所提倡的借助重臣，调整国务之议，攻击得尤为激烈，于是元老重臣的汤浅，就也因而被迫而去了职（汤浅最近传已赍志以殁）。

军部法西斯的凶焰，自此更相继增高，对议会政治，也提出了严重的弹劾，一面暗中又使近卫提倡所谓"新政治体制"的口号，想把敌国六七十年来的宪政，一举而击破，组成全国一党，纯粹法西斯化的军部独裁的政体。

自五月中旬以后，荷比相继被纳粹所蹂躏而屈伏，六月十四日，德军侵入巴黎，六月十八，我宜昌陷落之后，素来就主张联德意，反英美苏联的敌军部及走狗们，气焰更不可一世了。在国内则利用佃俊六陆相攻击有田，攻击内阁，而欲使米内倒台，逼迫各政党自行解散；在国外，则开始发动侵略越南的军事，以要求禁止运输接济中国之军需品为名，向越南、缅甸而进迫，意欲马上实现其南进的野心。

米内内阁于七月十六日被迫辞职之后，继米内而上台的，当然是除军部的走狗近卫而外，无人取尝试这一个内外交瘁的组阁任务了。于是由"政治新体制"而"大政翼赞会"，列举了许多抽象的要纲，一面想讨好军部，一面又要想结交财阀，渡过这一个经济濒于破产，政治已经破产，军事也已显露了败征的难关。

自九月二十四日，敌军开入越南同登，而进据安南东京地方，一面又派小林去荷印而想攫夺荷印的资源。九月二十七日德意日三轴心国军事政治经济同盟条约公布以后，敌寇在国际间的孤立地位，便更形孤立了。英美当然是已一变了她们对太平洋的含糊态度，对于敌寇取了平行的强硬政策。如重开滇缅路的运输，以大量军需及借款助我等，便是实例。本来是有可以接近的趋势的，近来可也因为敌凶焰的高涨之故，而表示起犹豫来了。并且又因欧洲的战局，英则渐渐加强，大有反击纳粹，使之溃退之势。意国现已到处被击，军事上大大失败，敌阀自然不得不起绝大的烦闷。前次闲院宫的辞职，仅仅显露了一点敌自认加入轴心国同盟为失败之朕兆的倾向，到得近来，自然更为显著。

至其向我的和平进攻，提出种种诱和条件，又恳求德国从中调解；逼汪伪政府于十一月三十日签订和平条约；任野村大将赴美国大使之任，冀求美国对敌寇的态度转变等，就是敌阀自认加入轴心同盟失败以后的种种反应。

总之，目下的敌国内外，一则因经济陷于绝境，不能稍有松一口气的机会，一则因世界各民主国已联合了起来，同时对它加紧压迫的结果，实在已经到了不能动弹的地步。并且更因近来我国加紧了总反攻的准备，豫计明年春夏之交，在我华中华南以及河北一带的敌寇，将因受我全面反攻，而有总崩溃的可能。我们在这一个抗战将得最后胜利的关头，同胞自然要更加团结，更加出钱出力，共赴国难，才可以造成一九四一年的全线总胜利的局面。我国胜利的曙光，今晨已经普照大地了；今后大家自然应该一步一步的使它发扬光大，坚强炽烈起来。我们欢迎这一个抗战胜利的一九四一年。

（原载一九四一年一月一日新加坡《星洲日报·新年特刊》）

轴心国两面作战与马来亚

　　纳粹侵略苏联，迄今已入第七星期，师老无功，损失却极重大，共计伤亡人数在一百五十万以上，机械化部队动员四分之三，已被歼灭大半，而飞机坦克车的损失将各逾万数，但此战的结局，还是遥遥无期。现在德虽再调动意大利、罗马尼亚、西班牙，及奥匈等国的杂凑军队赶赴东线填防，——因纳粹兵种已竭。——正想作第三次闪电的进击。然据各军事观察家的预断，则皆谓此次闪电进击，德方实力，必较前两次为差。因精粹的师团四十余师，已全被毁灭，而此次若再失败，则纳粹的全部崩溃，为期也不甚远。

　　纳粹的所以会受到这样的失败，其原因是在两面作战，分散了它的兵力。这不但旁观者知道，就是纳粹的许多将领，也因此而和疯狂的希特拉起了冲突。现在英军已开赴北冰洋，将与苏联取夹击之势，纳粹狼狈失措，应付维艰，大约这两面作战的苦楚，将在这一两星期内，教纳粹饱尝到滋味。

　　纳粹既铸下了这一大错，殷鉴不远，在东方的轴心强盗，难道还会不知所戒，再犯下一个两面作战的最大过失么？以常理来推断，我们决定敌寇是决不会的，所以敌寇的不血刃而侵吞越南，现在又想以故智来蚕食泰国，其主因是在看准了英美的不致于兴师。假使英美早就表示敌若侵吞越南泰国，将不惜与敌以干戈相见的坚决态度，则不但泰国可保无虞，就是越南也决不会被侵占得如此之快。

　　现在敌寇是已在越南尝到了甜头，而且刀已出鞘，不用至极处，自然不容白白地再行收回。泰国的被威胁而屈服，自是意计中事。到了贼已升堂而入室，英美还仍不出以坚决的表示，则将来的后患，自属无穷。不过敌寇若侵吞泰越完了以后，会不会再进一步而西入缅甸呢？我们自然料到他在德苏胜败未决之前一定不敢。

　　何以到了现在还可以作这样大胆的断语呢？我们在头上已经说过，纳粹已经吃了两面作战的大亏，敌寇是决不会再踏这一个覆辙的。敌若一侵缅甸，无论如何，英国当然不得不立时起来了。虽然敌寇的拆散民主国在远东合作的工作，已经做得相当成功，美国或者将在敌保证不与菲列宾与荷印之下而一时缓和下去，但英国可到底是事关己身，不能将自己的属地拱手让人。而且澳洲的海陆相也连日发表声明，不啻是对敌下了战书，即不问马来亚及缅甸的防务，已固若金汤，就是一有缓急，英国调动地中海、非洲、印度的大军来缅马应战，也决不是敌寇的败残之师，所能承当得起的。

　　所以，事到今日，我们就敢大胆的断定，敌寇决不敢西侵缅甸，尤其是不敢南侵马来亚。而这一个大胆的断言，却是以英国的作战决心为后盾的。

至于马来亚与缅甸的防务呢，当局者早已有过详细的广播词了，我们在此地可以不必重说。但照敌寇估计，则英国精军之驻马来亚者有十三万余，在缅甸的约有八九万之众。此外的英海空军实力，无论如何，当在敌寇驻越全数兵力的一倍以上。并且，这还是英国一国在马缅的现存军实，若再将美在夏威夷、菲列宾之海陆空军与荷印澳洲印度的全部海陆空军合计起来，则兵力之强，自然要远超出敌寇的数倍乃至数十倍。

故而我们认定马来亚的安全，其金汤永固，毫不成问题的。无论如何敌寇不敢轻易动兵南侵马来亚半岛。即使敌竟敢不顾死生，向英挑动战事，要想打到马来亚来，恐怕也是比登天还难。因此，我们想忠告我们的侨众，大家应该努力准备，想出如何方可加速扑灭东西轴心强盗的方法，不必稍存恐惧之心，而自相骚扰。我们尤其要在此忠告各位在马来亚经商或从事产业的中坚人物，切不可乘此机会来高抬物价，或减低生产。政府对于扰乱市场的奸商，自会有严厉的取缔。而对于生产事业，当然更会有切实保护的指示，以期集中全力，共御外侮。当然，安不忘危，我们对于金兰湾到星加坡只有六百哩海程的这一事实，也不可忘记。

最后，要说到敌寇的北进了。这不过是敌寇的一种烟幕，我们在昨日的社论里已经说过，以常胜著称的纳粹，尚且因两面作战而受到了这一次的大教训，比纳粹实力远逊的敌寇，难道再会去犯三面作战的大错么？这是不会的。总之，我们要以镇静的态度，作周到的准备，来研求如何可以扑灭侵略者的凶焰，这在抗战的祖国原是如此，就在侨居的马来亚也是一样。

（原载一九四一年八月六日新加坡《星洲日报》）

民主国家将在远东首先胜利

我郭外长于五日国府纪念周中检讨国际情势时，曾谓民主集团，将首先在远东胜利。轴心国最弱之一环的敌寇，于遭逢中英美苏荷之联合经济制裁后，势必首先崩溃无疑。郭外长之作此断语，盖以中英美荷之强硬对日，齐一步骤，施行最完密之经济封锁，使已在经济与军事破产途上之敌寇加速地趋于崩溃为前提。英美若于此时在远东，果能取一坚决之态度，联合各友邦及属邦，厉行完全与敌经济绝交之政策，一面更调集海陆空军，陈兵境上，制止敌寇之南侵，则已在中国惨遭灭顶之敌寇，自然只有弃甲曳兵而退走或立时崩溃的两途。本来得寸进尺，欺善怕硬，是轴心强盗之通性。纳粹原是如此，敌寇也何独不然。这一点想也是英美所洞悉的。

现在越南已为敌所吞并，而泰国则正在被威胁至最后关头之际。敌寇的魔爪，果然因慑于民主国两巨头之会商，而在表示退缩了。虽然，罗斯福总统与丘吉尔首相，果在北大西洋会商与否？其所会商之重要内容，果系完全为共同制敌及援苏与否？此时仍尚无确息。而敌之情报部发言人石井，却已在声明敌对泰国之要求，只限于经济之范畴了。这当然是由于大批英国陆空军陆续开到马来亚，美国两巡洋舰之寄泊澳洲，以及美国中下级军官多数抵达菲列宾等事实的一个反应。

所以，我们曾再三说过，英美若果欲维护在远东之权益与领土，有效地禁止敌寇的南侵，除实际准备作战，彻底表示强硬不妥协之态度而外，实在更没有第二条路可走。

此外，则中国之大举反攻，当然为决定敌寇命运的最后之一击。现在敌寇被中国所吸收住之军队，全线仍不下一百万人。敌欲向南向北，作两面威胁之计，国内后备兵及免役兵之征集，已竭泽而渔，亦再凑调不出五六个师团。前数日路透电传，敌国各工厂及农村，已因此次大批军队之召集而陷于绝境。劳工不足，壮丁抽完，现在迫不得已，已在改编全国中学以上之学生，而施以训练，预备将这些青年，送上前线去作最后一批炮灰了。

是以自德苏战争开始，敌侵吞越南军事发动以来，新开至伪满及越南布防的敌军，统计约有四十余万。扬子江流域抽调十万，珠江流域再抽调十万外，其余五六师团，势非由敌国内将老弱残兵及未成年者勉强凑合起来不可。这些毫无战斗经验的新兵，无论其被调至中国换防，抑或送上南太平洋新辟的战场，他们的战斗力的薄弱，当然是可想而知的。故而英美在此时正应从速予我以飞机及重兵器等的接济，俾我得早日作大举反攻之准备。一俟民主国在南太平洋之联合部署完妥后，同时并起，共作扑灭东方法西斯蒂的围剿。若能如此，使经济制裁与军事制裁取得配合而双管齐下，则区区敌寇，还怕它不就范么？我郭外长的所谓民主集团将首先在远东胜利的一语，其内容所指，大约总是这一个意思。

最近据中央社及本报之专电所传，我在宜昌一带，已小试反攻而取得胜利；预料不久以后，我们在粤南晋南以及浙闽沿海，也将一一采取主动，驱逐敌军。在这一个紧要的关头，我们原不惜重大牺牲，为民主国家作一支柱，奋起而与敌寇相周旋。但同时也希望英美能撑起腰来，向全世界自由，文化，与民主的大敌，施以一强而有力的制裁。

（原载一九四一年八月七日新加坡《星洲日报》）

配合抗战形势的抗战文艺

中国抗战进入了第五个年头，国际形势与我抗战实力，与时俱进，我们现在，已经到了总反攻的前夕。从中央军事当局的声明来下判断，则一入秋季，等美国接济我的大量军火（重要的是飞机坦克车与大炮等重军器），运抵前线后，大规模的总反攻，就可以开始。

第一，是飞炸敌国：我们在四年之内，只试行了两次，对敌国的飞炸，一次是在敌本国，熊本、福冈等处，投下的都是纸弹。第二次，则在台湾（台北），曾炸毁敌寇之机场及油库与停在地上的飞机多架。秋季反攻开始之后，我们自然要更作有效的敌国轰炸，以报复敌向我后方不设防城市的施虐。

第二，是各大城池的围攻：到现在为止，我们因为缺少飞机大炮，围攻敌寇所占领的大城池，都不能顺利进行。最多，只能冲入城中，毁坏它的军需及粮食等后而自行退出。今后，若反攻开始，则情形当然与前此不同。

第三，在国际间，我们可以促进民主国家加紧联合围剿敌寇的阵线；使敌兵力分散，不能再在我国有分寸的进展，而只有后退。

所以，到了目前，我们的抗战形势，最重要两个关键，一是战斗形式，将由小规模的游击战，进而为大规模的歼灭战。二是抗战局面的世界化。

配合着这种形势，今后我们的抗战文艺，当然也会变质。就是从零碎的片断文艺之不断产生，而至汇合成巨型文艺的创造；更由我国固有的中国气派与中国作风，推广至于以中国作风而参加入世界文艺圈，作为今后人类文化的一大支柱。这两种倾向，在这半年中，已经渐渐地显露出来了，苏联《世界文学》中国号之编印，以及英国"新作风"派的作家之翻译我国的现代创作，就是两个证明。

自从西班牙内战以后，以西班牙战争为内容的作品，在英法美等国，出得很多。那一场民主主义与法西斯蒂的苦战恶斗，在战事上，虽未曾获取完全的胜利，但在文艺上已产生了划时代的纪录。我们这一次的为民族解放，国家独立，民主胜利而作的对敌战争，自然除由我国的作家自己创造出伟大的史诗而外，将更有许多国际的作家，也出来歌颂与宣扬。这一种作品，今后，一定将在英美俄等国，继续的产生。已有的作品，如英国诗人奥登与伊舍乌特合作的中国战事参观记，与美国各左倾作家的作品，还不算在内。

总之，文艺的产生与传播，是与国势不能分离的，这只须翻开世界的文学史来一看，就可以明白。这一次我们因抗战而得到的世界地位，当然要在文艺上反映出来。

（原载一九四一年七月二十五日新加坡《世界》创刊号

及同年八月十日新加坡《南风半月刊》第三期）

太平洋风云险恶中之"八一三"

当敌寇侵占我琼州岛时，我中枢当局，曾对与远东有关各国，发出过警告。指敌寇之占领琼州岛，实即太平洋上"八一三"将届之先声。曾日月之几何，敌寇果以海陆空军侵吞了全部越南，不旋踵间，更以威胁利诱，卑劣阴险之手段，复作侵吞泰国之企图。今则矢已离弦，大有不并泰国，誓不休止之势。于是在国防工业上必不可缺乏之物资须仰给于南洋之美国，及重要属地紧接泰边之英国，始临时奋起，于断然对敌提出严重警告之后，更调兵遣将，实际上亦已布置了作战之准备。澳洲首相孟齐氏，且取消了澳洲南部视察之旅行，召集紧急阁议，预备于敌军一入泰边时，即作迎头之痛击。美国与英国联防马来亚菲列宾之会议，在华盛顿有特夫古柏与赫尔之商谈，在大总统休假中之游弋艇上，更有丘吉尔与罗斯福两巨头之商会。总之，到了现在，太平洋上的战云，已呈现着百分之九十九的饱和状态。只待敌寇之兵一步入泰国，大战就可以立时开始。危机一发，正是此时此地的好形容词了。在这一种现状之下，我们今日来纪念这一个"八一三"的大日子，实在有无限的感慨。

不过，话分两头，事实亦有表里之不同。若从另一角度，来估计敌寇，则从军实上，经济上，物力人力上讲，各方面显然都不是英美的敌手。况且民主国家之联合阵容，还不只英美两大海军国家而已。北有中国苏联，南有荷印澳洲，英在地中海之舰队，朝发而夕可至，美国夏威夷之飞行堡垒，与太平洋舰队，也一举而可以荡平三岛。敌阀虽则疯狂透顶，荒谬到了不可以理喻，然对于己身的死活，总不至于全不计及。即从此次敌寇实施之总动员法令看来，究属仍系一种威胁的性质。所以，美国的观察者，大抵都断定敌寇决不敢轻易在此时与英美来交战。即我国之政论家，亦大半赞同此说，以为敌寇受到了英美的警告，看到了英美的决心，是绝对不敢开兵入泰国的。

这一个观察，原系洞悉敌国国情者之至理名言。不过我们平心而论，敌寇对于南洋之野心，终不会因英美的一警告而抛弃，而敌阀征服世界之迷梦，也不会因这一次的在泰边受阻而觉醒，这当然也是铁定的事实。所以，我们以为民主国家，若欲防患于未然，则在这一个时候，正应取积极的攻势，断不能再作消极之防堵。在远东有"九一八"之殷鉴，在欧洲有慕尼克之教训，对付野蛮残酷之侵略者，实在只有先发制人，斩草除根的一法。迟疑犹豫，顾惜牺牲，决不是我们在这时候所应有的态度。

所以，我们热切希望，英美在这一个战云密布的"八一三"的今朝，马上应该来提倡民主国家的军事大同盟，使受侵略威胁及已与轴心国交锋的欧亚各国，旗帜鲜明地联合起来，对侵略者，说包围就加以包围，说制裁就施以制裁，直截了当，先寻得侵略国家的弱点，而予以一击，这比到警告，声明等等纸上的空言，显然要有效得多。这是易被动而为主动，由消极而进至积极的一点。

其次是当应付紧急局面之时，行动不宜过于迟缓。人以闪电来攻，我当以比闪电更速之还击相对。国家的自私，利害的打算，以及战后实力的保存等心理。在这一个时候，更应立时清算，全部祛净，才能捍卫得自由，保持得民主。否则，我们的会议未终，而侵略者逐个击破的计划已售，差之毫厘，失之千里，棋先一着，鸡口牛后，实不可以不力争，这又是一点。

从太平洋的大局，而再来看我们中国的抗战，则今年的"八一三"，显然又比过去的三年，光明得多。第一，不问敌寇的行将南进北进，或全然不进，其在我国的军队势必将减少至不能再减的地步。战线延长，防区扩大，直接的敌人增多，明明是敌寇今后的不利。所以，敌寇军队的南抽北调，频开御前会议，就是它彷徨苦闷，毫无出路的一种绝望表示。不管太平洋战事之会不会勃发，而我国今后的反攻顺利，沦陷区之必能逐次收复，已是固定的事实。故而今年的"八一三"，在太平洋上或是一个最大的危机，但是在我国的抗战史上，却是一个绝好的转机。

（原载一九四一年八月十三日新加坡《星洲日报》）

远东情势变化的豫测

　　昨日曼谷路透电，曾传英阁驻远东大臣特夫古柏氏之断言，谓远东局势，将会有一重大的变化。在同一电中，路透通信员并报知泰国态度的渐趋强硬。盖泰国已探知英美对敌寇之决心，并非以一声警告，或一纸抗议书了事者。万一泰国而至被迫作战时，英美更可予以实际上之援助。且在最近美国之钢铁，与英国之汽油，接济泰国，业已见诸事实云云。若使此电之所言果为确凿，则吾人可以预测，所谓远东情势之将有变化云者，盖系侵略者自知不得逞而不敢再进一步之意。若然，则太平洋上的战争，自不至于爆发得很快。

　　第一，且让我们来分析一下，最近远东局势之所以会突然变得很紧张的主因，不消说是为了敌寇的完全侵吞了越南。所以从这一方面来说，若是敌寇的侵略野心，再进一层，自然远东情势马上会发生变化。

　　第二，目前在远东可以制止敌寇的侵略，而再进一步，亦可以使远东情势发生变化的，是英美二大海军国家。从这一方面来说，除非英美澳荷，于加强对敌经济封锁之外（如已见诸施行的对敌资金冻结，与废弃通商条约等），更有积极强硬之要求提出，如和敌寇报纸之所宣传的一样，向泰国要求军事根据地，或竟向敌寇要求退出越南，退出中国，以及退出轴心国同盟，则自然远东又会发生变化。

不过综合各方面的报道而加以观察，则可以使远东情势发生大变化的上述两种因素，可能性都不很大。就是第一，敌寇的发言人口吻，昨日已经变得异常软弱。石井非但否认有对泰国进兵之意，并且还否认了对美国利用海参威而接济苏联军火，敌寇曾提抗议的事情，故而敌寇的侵略步骤，似不至于操之过急。第二，英美并非是愿意挑战的国家，而且在目下更不是有侵略意志的国家，所以对泰国要求驻兵，或向敌寇令其退出越南，退出中国及轴心同盟等事，也绝对不会得发生。

因此，我们可以预测，特夫古柏氏之断言，远东情势将有重大变化的内容，实在不过是英美加紧合作，民主国阵势结得更为稳固，而制止敌寇在远东妄作妄为的钳子（也即是敌寇的所谓包围），也更加绞得紧一点而已。这从敌寇通信社（同盟社）昨日自伦敦发出的电讯中亦可以看出。该电讯虽只说出了英美会商，已得到一致的结论，因鉴于德之攻苏，不易取胜，所以对远东的态度将更加强硬。说不定于罗斯福大总统回华盛顿之后，美国将对敌提出更进一步的警告。本来民主国家在过去的最大失策，往往是在行动的迟缓，与态度的互不一致。现在，似乎这一个缺点，已渐渐在改变过来了。

我们但从英苏的同时向土耳其保证，并无侵略野心，以及英苏的同时向伊朗要求驱逐纳粹间谍的两事上，可以得到证明。因而我们对于特夫古柏氏的所谓远东情势的变化，自然可以作对于民主国家，尤其是对于抗战中的中苏两国有利的解释，至如法西斯蒂报上之所传，谓远东即将发生大战等谣言，原不值得读者一笑的。

其次，是在各民主国舆论界已被议论得很久的有许多问题，也许会在最近，彻底的被决定与宣布。如关于远东的太平洋联防，由中英美苏荷澳等国，实际上结成一军事大同盟，来联合阻止侵略国家的横行。又如美太平洋舰队之进驻星加坡，或中英美苏荷澳各军事根据地与航空站之互相通用等，都系可以使远东情势发生重大变化的事实。若使特夫古柏氏之断言，果系含有这些意义的话，则这一个远东局势的变化，自然是民主国家间的一大福音了。因为维喜政府的出卖法国，与敌寇的虚张声势，作纳粹的帮凶，近日来实在已演成了很严重的局势。民主国家间，若没有更进一步之团结与表示，恐怕世界人类的自由、平等、正义、与文化，便要沦入万劫不复之惨境。我们热切地在希望，此次罗斯福总统与丘吉尔首相之会谈，以及澳洲政府紧急阁议之所决定，尽能如我们的预测，是对侵略国家的一种明显而坚决的态度。那么，世界的混战，就不久可以结束。而战后的平等、自由，与光明的理想大同世界，也就有实现的把握了。

（原载一九四一年八月十四日新加坡《星洲日报》）

削弱侵略者的实力

对付搅乱世界和平，毁灭人类文化的侵略者之最上法门，第一，自然是在见机而作，防患于未然。誓如，当敌寇在"九一八"凶行之际，各国就联合起来施以制裁，则东方的野火，或不至蔓延及于亚比西尼亚与欧洲。又如正当纳粹在重整战备，或秘密制造潜艇飞机，及其后开兵入莱茵区域，或窥伺苏台德区，阴谋劫夺之初，英法若即起来加以制止，则世界大势，决不至于会混乱得像现在一样。但既经养痈遗患，铸成了大错之后，则唯一的办法，自然只有大家抱一牺牲的决心，联合加紧来削弱侵略者的实力。英对纳粹的封锁，以及这次罗斯福总统和丘吉尔的海上会谈，与今后即将在莫斯科举行的三国会议之协商，讨论的当然是这一问题。不过和平是不可分割，而侵略者的结合，又是相当微妙的。在这里我们必须注意的事情，是应该顾到全局，绝不宜倾于一偏，而使侵略者有逐个击破，或此倒彼起之机会。

现在，先从轴心盗伙来说。意大利已由侵略国家而退居了被征服国家的地位，墨索利尼的身分，只能与奎斯林及贝当、达兰等相伯仲，东西三个轴心国，实在只有两个存在了。纳粹在表面上，一时虽似侵吞了全欧，但这次在东进途中，却遇着了劲敌。目下纵还没有完全失败，而因英美苏联的全部注意力，现在集中在毁灭这一轴心主力的重点之上，迟早总不免崩溃。所以，我们在东方的反侵略目标，自然不得不着重在敌寇的一边。

照目下的情势来看，英美的八项和平主张，当然也包括惩罚敌寇的侵略行动在内。而即将在俄京举行的三国会议中，敌寇在远东的妄作妄为，以及诸种威胁姿态，自必也属被商讨的一重要项目。并且昨天合众社电，亦曾传苏俄在远东已动员二百万大军布防，准备敌寇若对美国的接济苏联军火过海参威，或在满蒙边境，一有大胆蠢动，即将迎头予以一击。故而目下敌寇，表面上实在万不敢再有若何进一步之动作。可是敌寇之北侵与南进野心，始终不会放弃的一点，则无论英美及中国的观察者，都在力说；只教防范略有松懈，或纳粹在南俄中东的侵战稍有起色，敌寇的必会趁火打劫，再乘机而窃取些土地与利权，自是铁证的事实。

正因为是如此，所以我们想大声疾呼，促各反侵略的民主国家注意，当此为山九仞，功成一篑的紧要关头，绝对不宜对敌寇有半步的放松。我们纵观现局，觉得对此点看得最为明了，而防备也最周密的，唯有澳洲政府。但从澳洲大批精军的源源来马来亚增防，以及澳首相海陆相的频频向内外呼吁，新近又增设澳洲总司令职位的诸点看来，我们就可以说澳洲政府对敌寇的防备，已经是面面俱到，无懈可击了。澳首相孟齐氏在今日且更有一场广播，虽则全辞的内容如何，我们现在还不能够预说，但其防止敌寇南进的警觉性之极度提高，已属固定的事实。我们因鉴于澳洲政府的有此远见，故而更欲唤起各民主国家，共同注意。就是要在此时，齐心协力，加紧来削弱敌寇的侵略实力。

在远东要想有效地削弱敌寇的侵略实力，目下唯有两条途径。即第一，是绝对的和敌寇断绝经济来往。第二，是竭尽全力来帮助中国向敌寇施行反攻。

最近，常有敌寇所散放的谣言，盛行在远东各通讯机关的电讯之中。如或谓荷印与敌寇，又将开始通商谈判，或谓英国已与敌寇在作物物交换的商谈之类。这些谣言固统系敌寇的诡计，我们原也知道荷印与英国决不会再上敌寇的大当，而接济以资源，致使其将进攻己身的实力得渐行加强。不过敌寇之奸诈狡诘，实在是无孔不入的。我们在此谣诼繁兴之际，也不得不加以预防，这是一点。

其次，则英美若将全力倾注到了欧洲，在太平洋方面因敌寇的一时慑服，而即使有丝毫的大意，则噬脐之祸，一定将与放任纳粹当时的局面相同。所以，对付侵略者，应该东西并进，双管齐下，一面当接应苏联在击毁盗魁希脱拉之正中，一面也应特别加强对中国之援助，使我得立时举行大规模的反攻。先将敌寇置之于死地，免其再作东西之呼应，为纳粹而帮凶。这才是削弱侵略者实力最有效的办法，这也就是使世界和平早日到来的最上法门。

（原载一九四一年八月二十日新加坡《星洲日报》）

美派军事代表团来华的意义

据华盛顿二十六日合众社电，罗斯福大总统，为充分援用租借法案，而使援助中国抗战易收实效起见，已决派一军事代表团来中国。该团由曾在中国美大使馆服务多年之约翰麦格罗特少将率领，决于半月后起程来华。我驻美大使胡适氏，亦曾于面谒罗大总统后，关于此事，对新闻记者发表谈话。谓关于对中国之援助，罗大总统与丘吉尔首相在海上会商时，亦经通盘规划，英美两国，对于援助中国抗战，今后只会加强，决不至于放松云云。

事实胜于雄辩，正当敌寇曲解丘吉尔首相在廿四日晚所发表之广播词，大放谣言，谓英美将牺牲中国，而与日本妥协之此刻，有罗斯福大总统这一决定之发表，对敌寇不啻是当头之一棒。而民主国家目下之合作加强，已处处采取积极主动姿势。以后反击侵略国家，将毫不容情，拥护独立自由之民主阵线，必获最后胜利各节，也都可以此一事来作证明。

当然，我们的抗战，所持者是自力更生的信念。即使各民主国家，因忙于应付己身的种种困难，对我只给以精神上的援助，我们也一定可以击败敌寇，而达到抗战胜利的最后目的。盖敌寇之必败，其运命并非于英美联合宣言发表之此日，方始决定。实则于"七七"寻衅，及其后加入轴心同盟时，就早注定了。不过各民主国家一经联系加紧，行动加速，态度加强之后，则不但敌寇总崩溃的到来，会大大地缩短时间，就是纳粹的没落，也必然地会得加速。

现在侵略阵线与反侵略的民主阵线界限早已划分得十分清楚。而一国的兴败，亦必然与全局有关。英美的援助中国，援助苏联，实在也就等于援助自己。我们与苏联的抗战到底，誓灭轴心凶焰，实在也就等于为英美与民主自由而战。这事，罗大总统与丘吉尔首相，不消说是早就看到了的。所以，海上会商之后，对苏联之具体表示，为将在莫斯科举行之三强会议案的提出；而对中国的表示，当然是在这一次军事代表团的派遣。

敌寇驻美大使野村之屡向赫尔叩头，以及敌情报部发言人石井之频频表示，谓美国即使将煤油及军需品接济苏联，通过日本领海而至海参威，日本亦不欲加以阻止，不过情绪上终感不快等宣言，就足证明，想向英美求饶者，是敌寇，并不是英美。并且丘吉尔之广播词，也义正辞严，对敌寇只加以强硬之申斥，并不曾说及美国之欲绥靖敌寇。而且在最近，石井曾经更进一步，明白地公布，敌寇只希望英美对敌之经济封锁，能稍稍放宽；而对苏联，只希望保证不将由美援苏之军需攻击敌寇敌方，就感到满足。从这些反证来看，则更可见英美将牺牲中国与敌寇妥协之谣言，是敌人所放出，英美的态度，只在警告日本，不要自行切腹，妄想在远东再启战端（特夫古柏语）而已。

何况英苏在伊朗，已有与立查沙谈判订约，军事行动业将于一星期内结束之消息。是则以后美国之舰队，将完全活动在太平洋上，驻夏威夷之美太平洋舰队，并无调动之必要。而美国今后援英、援苏、援华之军需，亦只将在一线上直行，自美国西部而至星洲仰光，复经印度洋而至波斯湾内。事实上东半球将成为民主国家之后花园，而太平洋与印度洋亦将成为各民主国家之内海。敌寇纵欲逞强，哪里还敢动一动手？所以，我们认为这一次美国派遣军事代表团来华的意义，不但在实际接济我抗战军火与作战计划上，有绝大的帮助，就是在击破敌寇的谣言攻势上，也有无比的效力。

（原载一九四一年八月二十八日新加坡《星洲日报》）

英国实际上已是我们的盟友

我们的外交部长郭泰祺氏，曾经屡次的说过，ABC 三国实际上早已是同盟国了，不过在形式上还没有签过字而已。这一句话，实在有事实证明，我想可以不用再来一一列举。既是同盟的兄弟之邦，则休戚与共，患难相扶，自是天经地义。像这一类的话，我想，不说也罢。所以，我们的对于援英，实在用不着再来宣传，再来说些必须援英的理由的。

不过，同我们捐助祖国的难民的义举一样，这一种运动，希望要从多方面去做，更要向最有意义，最有效力的各方面去努力才行。譬如中英美苏的一条阵线，如何能使它加强，打击侵略国家，应从哪些方面同时下手去做等，还是兼筹并顾到才是道理。

直接的出钱，原是一法，但是没有钱的人呢，也可以去出力。譬如同我们回祖国去效力的机师，和投军的志愿兵一样，我们在马来亚，也一样的可以去帮助军运，或投身入保卫马来亚的志愿军团的。

我们既系站在同一条战线上的反侵略民主集团，则这一集团中的任何一环，和我们的关系，差不多都是一样。国家民族，当然是第一要顾到，但是集团的利害，也就是我们的利害，其间相去，或有五十步与百步的不同，而最后的结果，却终于是一样。

我国的抗战，事实上早已和英美的反法西斯战争溶合在一道，我们原是希望祖国的抗战胜利，可是同时英美的胜利，也必然地会影响到我们的胜利。

因此，我只想作一句简单的结论，就是援英运动，同我们援助祖国的运动是不可分的。

（原载一九四一年九月三日新加坡《星洲日报·晨星》）

欧战二周年与远东

今天是英法对纳粹法西斯蒂正式宣战满二周年的一个伟大的日子，我们为纪念这一个伟大的日子起见，先不得不简略地回顾一下过去。

第一，细究这一次大战的由来，我们依照春秋责备贤者之例，自然得举出□年前英国当局者的过于没有远见。因为德国的所以敢重整军备，撕毁降约，进兵莱茵区域，侵吞奥国，都是由于眼看到了敌寇的侵占我东四省，意大利的并吞了阿比西尼亚，而国联仍不加以有效的制裁而起的。关于这一点，立顿爵士，曾有过很沉痛的弹劾，我们在这里可以不必赘说了。

第二，过去在国际间的自私，先不必说凡尔赛条约的不公，就是到了纳粹的野心完全暴露以后，还是根深蒂固地存在着作祟，致使一时强权得战胜公理，希脱拉得逞其各个击破的诡计，虽然到了最后，侵略者自然必将归于毁灭，但是数千万的生灵，和数千年的文化，可白白地遭遇了一次大劫，而不得不蒙受着空前的牺牲。

　　不过，失败是成功之母。经过了这两年的恶斗，和这悲惨的教训，现在的局面，已经完全变过了。英苏与中国，事实上愈战而愈强，民主集团的联系，也愈来而愈紧，尤其是可喜的一个现象，是彻底击毁侵略种子的决心，更是愈进而愈坚，我们只须一读罗斯福大总统九月一日的广播辞，和一看英国军需生产率的加高，以及中国与苏联反攻胜利的消息，就可以知道过去数年的劫难，也并不是毫无意义的浪费。

　　纳粹侵略苏联的重大损失，现在还不过是一个开端，将来天时转冷，雨雪加深之后，说不定会有二倍三倍的二百五十万伤亡的数字出现。而中东伊朗一条民主国家运输线的打通，或者会使疯狂的纳粹，再向土耳其挑衅，果尔则东线一千八百里的战线，也许会加倍地拉长。同时从巴黎发动的沦陷区民众反法西斯蒂的狂潮，更会北向挪威，南及巴尔干半岛蔓延。试问纳粹究竟有多少兵种，欧洲可供榨取的究竟有多少物资？而失去了光辉的闪电，又可持续到几个两年？

　　所以，到了这欧战正满二周年的今日，我们敢大胆地下一句断语，就是纳粹在今后，不但是永久失去了进攻英伦的能力，就连要想保住已在掌握中的欧洲，恐怕也岌岌乎有点儿难能。

　　虽然，罗斯福大总统和邱吉尔首相，为了唤起民众的警觉，豫防顽敌的乘虚，正在大声疾呼，告诫全国，说世界的危机，比两年以前并不减轻，但是我们从客观的眼光来看，则纳粹的末日，实在已经到临。今后它的凶焰，只会逐日的减低，即使在东线，再或有尺寸进展的可能，但是大势已去，再也不会有席卷欧洲当时的那一种威势了。

从欧洲的战局，一转而再看远东，则我们或者可以说罗斯福大总统的那一句世界危机并不减轻的危言之所指，也许是在此而不在彼。

何以见得呢？因为敌寇的实力，虽则因陷入中国泥淖之故已减杀了大半，而敌阀中少壮派军人的盲目冒险，无知自大的倾向，却比希脱拉更要狂妄到了万倍。我们既知道美国决不会变更其固定的政策，对敌寇没有绥靖的可能，则敌阀代言人马渊之狂言，以及敌海军要员频频的更动，或许是狗急跳墙，再图一逞的先声，也说不定。据敌寇报纸所传之消息，则谓野村于会见赫尔之后，匆促出行，甚至错戴了赫尔的帽子。这虽系外交官之失态，但是谁又敢保证说，这不是他心慌意乱的表示。

是以，当这欧战正满二周年的伟大的日子，我们对于纳粹，虽已完全看到了它的败兆，但对于太平洋的危机，则还认为是十分的严重。总之，我们要注意到罗斯福大总统的那一句富于暗示的声言，还非得提高警觉性来严密监视敌寇的行动不可。

（原载一九四一年九月三日新加坡《星洲日报》）

敌美谈商与敌阁的危机

上月二十八日合众社电曾一度有敌阁改组之讯，而其所举之原因，为近卫不能解除英美对敌资金冻结之难关。且美国接济苏联，大摇大摆而将满载军需油类之商船，开过敌国附近之海上，直至海参威而卸货。于是敌阀中之急进军人，与纳粹第五纵队相勾结，遂欲借题发挥，乘机而阴谋倒阁。但其后亦并无续讯传来，而东京二十九日合众社电，则可以近卫复亲自致电罗斯福大总统，思缓和一时紧张之太平洋局势闻。虽则此电之内容不明，然从敌于事后即开紧急阁议，与一般人之推测归纳起来，则近卫由敌驻美大使野村所亲致之电信，大致当系关于太平洋问题，欲诚恳求美国宽宥，而放松对敌之冻结，及调整敌美间诸种难题的无疑。我们在卅日的社论里，亦曾指出美国的决不至于改变对太平洋之一贯政策，以及敌美间矛盾之无法解决。重庆及伦敦各政论家之观察，亦约略与我们的相同。迄今事隔数日，敌美间之谈商内容，两国当局仍是讳莫如深，而三日伦敦之路透电，则又传自上海方面独立法国系通讯社所得消息，谓敌阁又面临危机了。且谓原因系敌国反轴心国运动渐次抬头之结果。前外相松冈洋右，敌驻美大使野村吉三郎，以及前侵华军总司令本庄繁等，实为此反轴心国运动之领袖。该电中又称若此次倒阁风潮而果成熟，则野村或将被召回而组阁。

此路透电所传之消息，果将成事实与否，我们原也不敢断言，但目下敌国进退维谷，已陷入四面楚歌之绝境，却是极显著之事实。近卫内阁，也许会倒，不过倒来倒去，即使无论何人来组阁，若其侵略野心与侵略政策不放弃，自一九三一年以来，以武力侵占之土地不交出，则敌寇与美国实绝无妥协之可言。这在华盛顿方面之观察者，亦大抵是如此看法。虽然也有一派观察者谓美国当局或将容忍敌寇之占领越南与东四省，不过美国虽可让步至此限度，但即令其退出中国本部一点，敌国当局实亦无法可以使飞扬跋扈之少壮派军人就范云云。总之，由这两派的观点来说，敌美之间，也觉得无妥协之趋势，我们若更从美国对远东一向不变之传统政策，以及屡次宣言维护九国公约之公正态度，与这次被称为大西洋宪章之罗邱八项宣言来看，则更觉得美国尚不至于容忍敌寇之占领越南与东四省，其他的话，自然更谈不上了。

野村为数次曾任驻美武官之亲美军人，当华盛顿军缩会议时，他亦曾做过随员，在美之亲交知友，也许不少，与罗斯福大总统且系罗氏前任海军部次长时之旧相识，敌阁若欲改组，而一变其亲德意政策改而欲行亲美，则野村或系下次组阁最适任之一人，不过私交自私交，国策自国策，使敌国之侵略政策而不改变，则就是由野村来组阁，亦属徒然的一番起倒，敌美间之难关，决不能够打开，太平洋上的紧张局势，亦决不会马上就变得平滑的。

三日自瑞士秋立希发之路透电，谓纳粹的首脑部，对于敌寇之改变亲德态度而亲美，近来颇感到忧虑；而敌阀代言人，前亦曾数次声明，谓敌国之对于美国由海参威接济苏联军火而提出意见，并非出于纳粹第五纵队之指使。所以，我们对于敌寇之向美求饶，声言可以退出轴心同盟的一事，认为或者事属可能。但借此一端而即欲望美国对敌寇在华之侵略可予以谅解，我们实不敢置信。

自从敌寇发动侵华战事以来，由近卫而平沼，阿部，米内，直至近卫之二次三次组阁，内阁已经改组了六次，而每次内阁上台时所宣布的大政方针，总以解决对华事变为第一要务。但是事变解决了四年，不但敌在中国的泥足愈陷愈深，最近且又因横占越南而陷入了太平洋的深渊，孽由自作，债须清偿；侵略的野心一日不放弃，侵略的政策一日不改变，则侏儒做戏，任凭你会变出如何的花样，结局还不是一个灭顶。舍本逐末，歧路亡羊，敌阁的三翻四倒，终于找不到一条出路的原因，就在乎此。

（原载一九四一年九月四日新加坡《星洲日报》）

澳洲缅甸与中国的交谊

自从敌寇的南进日亟，整个侵吞了越南以来，英美为恐危及于菲列宾、马来亚与荷印，同时采取并行政策，冻结敌寇资金，断绝对敌商务关系，且亦加强南洋各属之防务，一面又对敌发出警告，因而太平洋上风云一时骤呈险恶之象。直到今日，太平洋战事勃发的危机，亦并不能说是完全已经过去。在这中间，除荷印与菲列宾的充实防务，增加海陆空军，预备无论何时，敌来即予以迎头痛击外，对敌寇的南侵，关心最切、防备亦最周密的，自然是英国联邦中的两员：澳洲自治领与缅甸了。

中英两国，在东西反侵略反法西斯蒂阵线上，所处的地位相同，所下的决心一致，从主义与利害等无论哪一方面来讲，今后的团结，只会得日趋日紧，决不会背道而驰。正唯其如此，所以，中国与澳洲、缅甸，更因为同受敌寇侵略的直接威胁之故，自后的关系，也只会得亲密之上再加亲密。在这一种现状之下，我们得见中澳互派使节一事的实现，尤其是最近在星洲得亲聆澳洲首任驻华公使伊戈尔斯顿爵士之伟论，实属至可欣慰的盛事。

按澳洲与中国的发生关系，远在百余年前。中国人称澳洲作新金山，以与美洲西部的旧金山相对立。所以，英国在澳洲的拓荒辟土，开矿力田，我们中国的华侨，当然也尽了一部分的力量。不过其后因澳洲当局之政策改换，对我侨之取缔及入口限制，渐行紧缩，至我侨民之数，自数万而减至数千。其间更因移民律与海关禁例之严，所发生之民间悲剧亦复不少。如在澳生长之侨民，回祖国结婚，但新妇非在澳洲出生之故，而不能入境之案件，过去时有所闻。且因主客势殊，黄白种异，如一八六一年七月之兰滨惨案，更为中澳邦交史上之一污点。

现在则时移势易，中澳人民都满怀了如兄如弟之热情，咸望努力作中澳间商务、文化、产业上之沟通。如中国出产之桐油、猪鬃，以及军需工业上所必不可缺之钨矿等类，正可与澳洲之羊毛、小麦、果实及其他之农产矿产品相互易。澳洲今后若欲自农业国而进展为工业国，则劳工必感缺少，而中国则劳工尽有剩余。中国在战胜后之诸般建设，机械与技术专家，自亦相需孔急，若向澳洲去求供给，自然比远向英本国或美国而借材，更为简捷。凡从这种种方面着想，我们第一，希望澳洲政府，能将移民律改宽，使中国人民，今后得频繁往来。第二，在文化沟通方面，希望互组考察团，互派留学生，以及每年有交换教授之制定，使两国的情形，得通过文化界之宣传而普及于民间。第三，两国的投资，更可以设法而使其活跃，如澳洲政府对中国之实物借款，以及对于中国游资之在沪港或马来亚者，尽量吸收去澳洲开发等，都系目下所应做之急务。澳洲顾问在我国业绩之最彰彰者，如端纳先生在西安事变当时之为蒋委座而尽力，我国人士久已各抱感激之敬意。此次伊戈尔斯顿爵士，更以满腔热忱，而赴中国首任公使之任，以爵士之道德声望，经验学识而作沟通中澳交谊之桥梁，我们可以预祝将来必有更大之成就。

至于缅甸之与中国，自历史地理人种文化各方面讲，应有亲睦的交谊，实系必然的趋势。自从滇缅路开通，中缅访问团互相往来，以及此次敌寇猖獗逞强，直接威胁及中缅国境以来，中缅今后的存亡命运，已成不可分之局面。若滇缅铁道与滇缅边境之若干支路，再行筑成，则中缅虽属异境，实则已宛若一家，此后的政治经济文化，势必至于打成一片。且自今年之中英划界问题解决，与此次缅甸政府允免美国援华军实之过境税后，我们对于英国及缅甸的感激，更非楮笔所能形容。凡此种种，都系侵略国家所促成之佳果，民主国家联系的加密，缅甸实为一最重要之枢纽。中缅的交谊愈密切，敌寇的威胁自愈失其效力，再加上以美国援我之物资，而为中缅接缝处之水门汀，则铁壁铜墙，对敌寇之防卫，势必更见稳固了。

正当敌寇在泰国阴谋显露之际，澳洲、缅甸与中国，同时有此交谊日进之事实的表现。我们认为就是民主国胜利的前兆。

（原载一九四一年九月十日新加坡《星洲日报》）

太平洋危机移到了大西洋

因敌寇侵占越南所引起的太平洋危机，自近卫亲致书面于罗斯福大总统后，旬日以来，在华盛顿有寇使野村与国务卿赫尔之频繁的会商，在寇京复有美格鲁大使与寇外相丰田的不断的折冲。据十日上海合众社电所传，谓日美或将于本周内订立一临时的协定。我们从邱吉尔首相与伊登外相的演词，以及英内阁远东特派员古柏氏的谈吐里，都可以看出，英美只欲在远东阻止敌进一步的侵略，并不想在远东挑起太平洋的战争。而在敌寇的一面，也明知若此时，与英美为敌，势必是自取灭亡，故而故意付价还价，无非欲求英美对敌寇的封锁，能稍为放松一点点而已。

根据敌情报部代言人之所露示，则美对敌显然已有给予以若干油类之意思。所谓只教日本也能得到美国的石油，则美纵对苏联接济以军需，源源由海参威而上陆，亦属与敌寇毫无关系的云云，当即指此事而言。故而敌枢密院有业已批准与美谈判之消息，而各重要方面所作关于远东的谈话，也都说远东情势，已经由紧张而略弛，热度虽未减低，步调实已趋缓了。

重庆方面，我郭外长对此次敌美之谈商，亦早发表有声明，谓太平洋问题，不经中国之承认，决无解决的可能。英美亦断不会不得中国之同意而径与敌寇谈妥协。敌美本未尝宣战，故亦无从而言和，所谓和平谈判之名词，实系敌寇所造作，欲用以减轻敌国内民众之怨尤，而使敌阁得苟延残喘的用意。

故而综合各方面情势看来，敌美之间，一时为缓和远东局势起见，成立几项暂时协定，似是已有了眉目。如美对敌略略放松一切物资（包括油铁棉花等）之禁运，而敌对南侵，不作更进一步之冒险之类。至于完全妥协，牺牲中国，则我们早已说过，是绝对不可能的事实，况且中国也并非可以自由被他人牺牲的国家，而英美牺牲了中国，非但对世界的威信将扫地，并且也是毫无利得的事情，损人而不利己，英美是断不会取此下愚之政策的。

从太平洋而转眼来一看大西洋，则敌美之所以要一时成立暂时协定的理由，也可得到一解答，而合众社九日电讯所说的对美国将被卷入战争的威胁，已由太平洋而移到了大西洋之消息，更并非是不经之谈了。

第一，继纳粹袭击美舰格里尔号之后，复有钢水手号与西沙号之被击沉，因攻俄而致损失得不可收拾的疯狂纳粹，今后将与第一次世界大战时一样，势必施行无限制的潜水艇政策，已由威胁而付诸实行了。

第二，罗斯福大总统对于海上自由之主张，或见之于宣言，或发之于声明，在此数月之中，已不知反复力说了多少次，直至最近，更重作一确切之声明，即自美国至冰岛之航路，当绝对消除一切的障碍；又以后美舰在海上若遇到危害，当毫不容情地即加以剿灭。这虽非对纳粹之正式宣战书，然而事实上与宣战却也相去得并不是很远。参议员乔其说："事到如今，各种连续发生的事变，确在使美国趋向参战的一条路上走。"参议员詹姆斯麦莱也说："希脱勒似在制造事变，要迫使美国卷入战争的旋涡中去。"而在同一合众社之消息内，更谓斯毕资贝干的远征，就是使罗斯福总统将白海之战区禁航令解去之先声。

是以，美国之将改正中立法，渐渐地已倾向到了参战的一方面去，早已成矢在弦上之局势；而在两洋舰队尚未完成到一半的今日，则在大西洋吃紧的时候，自然不想再在太平洋上惹起一点小风波。敌寇的想迁延时日，欲静观德苏战争之结果，或等待德英之再次交锋的苦衷，在英美的一方面，也何尝是没有？就这一点来推断敌美谈商的内容，则不待华盛顿与东京的公布，也可以猜想到一半了。

总之，太平洋的危机，确已经移到了大西洋，而美国的参战与不参战，事实上也不会得马上就发生什么重大的变化。不过敌寇若已向英美求饶蒙准了以后，则今后对中国，自不免又有一番小骚扰。但是英美对我的援助，决不会完全就停止，而我们的局部反攻将胜利，也是毫无疑问的。

（原载一九四一年九月十一日新加坡《星洲日报》）

反侵略国际大会感言

十六日伦敦路透电，谓协约国之国联会，已在伦敦成立。该会将协助改造新欧洲，系由国联同志会之国际委员会所发起，其目的系为反侵略各国之共同目标而奋斗。主席薛西尔爵士，即国联同志会的会长。参加之会员国，有中、美、苏联、荷兰、捷克、加拿大、比利时、澳洲、纽西兰、印度、波兰、挪威、南菲、南斯拉夫、自由法国与希腊等。正当"九一八"十周年惨痛纪念之今日，我们重阅此电，真不觉有无限的感慨。

我们总还没有忘记，当第一次世界大战结束之后威尔逊总统抱了最高理想，尽了最大力量，欲维护国际间之正义与和平，辛苦经营，艰难缔造成功的，就是在这一次欧战起后，变得声臭全无的国际联盟。自国联成立以来，二十余年中，对国际间的贡献，原不可以说是绝对没有。譬如国际间卫生行政之推扩，救护事业的扩展，禁鸦片烟毒与贩卖人口之类的工作，实在也做得不少。可是一遇到了强弱国间的纷争，为了正义和平，正应该发挥国联固有的作用之际，却总是软弱无力，事事不能够令人得到一满意的欣慰。

别的暂且不说，单就"九一八"事件来看，中国在当时如何的热望国联，能抑强扶弱，出来主持公道。但一则因各会员国的太过于自私，再则因国联实际上亦没有强制执行议决案的力量，故而只派了一个由立顿爵士率领的调查团到东北，创制了一册报告书而了事。侵略之端既启，各强有力之会员国，自然只知道有强权，不复知有公理了。当意大利侵略亚比西尼亚后，与地中海权益有关，及在非洲大陆有殖民领土的国家，方起来对侵略国作经济之制裁。可是大家只顾私利的虚实既明，还有哪一个来尊重这一个决议，肯牺牲自己而为他人谋利益呢？

所以，理想自理想，现实自现实，国联的失败，就在于理想与实际力量的不符。自从敌寇与意国的侵略得售以后，国联实早已丧失了它的存在理由，不待纳粹此次的起来撕毁一切约章与背弃信义诺言，我们就早知道国际军缩会议的不会成功了。

可是人类毕竟不是兽类，弱肉强食的野蛮作风，终于是人类文明的公敌，故而当现在纳粹的大屠杀政策正威胁全世界之际，终古不易的正义人道文化等理想，又复抬头起来了。这一次的伦敦反侵略国际大会的成立，当然就是这一理想的具体表现。

与这反侵略国际大会的理想相呼应，同时我们还接到了纽约十六日的路透社电，谓保卫美洲委员会，也有促政府重订外交政策之十大决议（详见本报电讯栏）。足见人同此心，心同此理，对于侵略残暴者，人人皆欲得而甘心。不过要看制裁侵略者的实际力量能否与此理想相符合，我们人类的进步与退化，才能划得出一个分晓来。

团结就是力量，宽纵必遗后患，是历史上的明训。我们既经知道了对东西轴心国家若不斩草除根地施以一番痛剿，人类便永没有安宁进步的一天，则第一要紧的，自然要加强团结，不容宽纵。英美的尽力接济苏联，美国的以军舰护航，与这理想，似乎有了一步的接近。但公道正义有同盟，毒蛇猛兽，亦有恶伙，倘若我们团结有一漏孔，则恶伙的袭击便最会乘虚而窜入。我们在这里，首先想警告各民主国家，当这轴心侵略国正将东西同时没落之秋，切不可放松一步，致授盗以柄，而遗噬脐之悔。

从国联而谈到了"九一八"，我们自然更不得不提及一下正在宣传的敌美谈判之内容。虽然我郭外长已有相信美国决不会出卖中国的明言，同时美众议院外交委员伊撒克氏，亦曾对合众社记者保证，谓罗斯福总统与美国会决不至有与敌寇签订害及中国的协定之事情，伊氏并且还说，相信敌美间之谈判，当以敌寇完全由中国撤兵为基本条件，否则双方就不能够达到了解的程度。话虽则是如此说，可是狡猾的敌寇，将如何的施行骗术，欲使美国去上他的当，却是很难捉摸的。所以我们对于敌寇的宣传，谓与美谈判的基本条件，并且是关于海参威港美船运输军实的问题，此项谈判业已开始在进行中（寇官电）的一节，深望美国能够不违背它所素抱的理想，与迭次的声明。必要做到这样，然后人类的正义与公理，才有维护的希望，而反侵略国际大会，才能完成它实际的任务。否则，道旁筑室，纸上谈兵，我们人类，要想维持永久的和平，就谈非容易了。

（原载一九四一年九月十八日新加坡《星洲日报》）

敌寇会马上向苏联进攻么？

　　纽约廿三日路透电传由马尼剌方面所得之可靠消息，谓敌寇在最近数周内，调往伪满及朝鲜之军队，至少有一百万人。并谓敌国向苏联进攻之准备，实早已着手，近则连敌国内之马匹，亦已扫数运往伪满，窥其用意，似在于实行南进之前，或将先取海参威，而冀免除后顾之忧云。此证之于我重庆《大公报》及其他各方面之观察，以及敌寇国防司令部之设置，与夫朝鲜、东北、河北，及察绥内蒙各地陆军寇酋之更迭，并且由前数月来，亦曾频频报道过之敌军之抽调等事实观之，或者也很可能。更何况伪满与苏联边境，近传两国间时有冲突，而对于美国由海参威运送军火，接济苏联等，敌亦曾提出意见，而至最近，则又借口于苏联水雷之流散而提出抗议。凡此种种，都可以说是敌寇对苏联妄想一逞的证据。又兼以最近纳粹在东线南路基辅卡科夫方面稍有进展，保加利亚说不定也会作纳粹的傀儡而与苏联启衅。是以最善投机的敌寇，似乎于此时决定进攻苏联，一时既可以消灭敌国内部的矛盾苦闷，其次也或者可以减少海参威这一把头上利刃的威胁。兴师北进，现在当是一个黄金机会。是以照一般的观察，敌寇必于最近发动进攻苏联，实在是十分可能的事情。但是，我们从敌寇对湘鄂粤境，正在作打通粤汉路的蠢动一点看来，则又觉得敌寇的北进，也许还仍是言之过早。何以见得？我们想先试来分析一下。

　　第一，敌寇之驻伪满一带的军队，在侵占越南之前，原有四十余万，而侵占越南以后，虽竭力将散布在中国二千里战线上之寇军抽调，其数最多也不过一二十万。即此一二十万之兵，一经抽调后，敌在中国之攻占各区，早就显示了岌岌难保之势。最近豫北之大部伪军反正，就是一个明证。所以，我们以为，敌寇的存心投机，打算于纳粹攻下莫斯科、列宁格勒等地，胜负之势已经明白确定以后，会向西伯利亚进兵，自属毫无疑问。但在目下，谓已有百万大军，集中在伪满朝鲜一带，似乎在数目上，不无可疑。盖敌寇在目下就是连各中学以上之学生，也当作军队，全送往前线去作炮灰。除已在中原大陆送死的百余万，被中国所吸住的百余万军队外，实在更没有一百万的人，可以向伪满增防了。据我们的估计，现在寇军驻扎在伪满一带的军队，最多也不会超过七十万，而俄国的远东军，当有百万以上，是敌寇所熟知的。此外，则我东北之义勇军，朝鲜与苏联边境之革命军，总数也不下五六十万，对此倍大之联合义军，敌寇的侵略军队，虽然是胆大妄为，我们料它或者是多少要加以顾虑的，这是一点。

第二，敌寇对俄国出兵，只除在日俄战争时，侥幸对腐败的帝俄军队，收了一次胜算外，每一次出兵，总无不是完全失败的。所以寇兵对俄国的军队，都抱有谈虎色变的惧怯之心，而对于苏联与英美联合的空军，则恐慌更甚。当寇美谈判，尚无眉目之此际，而谓敌寇会冒险就向苏联进攻，我们总觉得不甚可信。

第三，军队的风纪，是决胜的一大要素。在敌寇未侵略中国以前，敌兵的纪律，比德军更加整肃。譬如庚子年八国联军在北京的纪律，以德军为最坏，奸淫掳掠，几乎无所不为，而英军与日军，则系八国军中纪律之最佳者。但是自敌寇侵略中国以后，敌军的军纪，却完全坠毁了。凡在中国驻扎过，或只须到过中国的寇军，无论大小军集阀，个个都变成了兽人，奸淫掳掠，固可以不必说，就是从前在敌国军队中绝对没有的那种贪污剥削，损公肥己的事情，现在也大大地流行了。在中国的敌国军人，不论大小上下，少则数十万，多则数百万千万之私财，都变名换姓，存储在上海平津等处的中国及英美各银行里的一事，不但敌阀知道得很清，就是敌阁及敌国人民，也完全知道的。以这样纪律全无的匪军，究竟可不可以与到处能坚壁清野，誓共要塞决存亡的苏联军队一较胜负，当然敌统帅部与参谋部不会得不晓得。况且拿破仑在莫斯科之失败，完全由于当时杂凑军队纪律之不佳的一点，是敌各军校所习熟的常谈，敌阀虽则已因侵略中国而变成了疯狂，但对这一军事常识，大约总不至于忘记。

我们从上举的三点看来，觉得敌寇在目下，或者还不会马上向苏联进攻，而决定敌寇最近究竟会不会北进的因素，第一不消说是须看中国战事的能否冻结。第二，更须看敌美谈判的进展如何，这与现正在莫斯科进行中的英美苏三强会议，自然也有密切的关系。第三，最重要的一着，还是要看纳粹在东线的进展，与纳粹在敌国内第五纵队的工作成绩。若纳粹在敌国内之第五纵队计划得售，近卫及海军系之稳健派人物，都同意国的墨索里尼一样，或完全成了傀儡，或一个个被暗杀之后，那么敌寇的马上兴兵夹击苏联，自属必然之势。否则，我们认为敌寇还是第一仍注意在解决中国战事，北进南进，现在一时总还不会得就动，除非敌国内立时有最大的政变发生以外。

（原载一九四一年九月二十四日新加坡《星洲日报》）

以德苏战局为中心

自从疯狂的纳粹，于六月廿二日晨，突然向社会主义国家的苏联发动侵略攻势以来，到今天已经是整整的三个月零三天。当时的苏联，对于和纳粹所订的不侵犯条约，并无违反之处，故而对纳粹的突然进攻，虽则并不能说是完全没有预防，但至少至少，我们可以说它决没有准备得像存心侵略他人的纳粹那么周到。所以希脱勒在进攻的当时，大言不惭，居然说三四星期，就可以完全击溃苏联。这当然是一种鼓励业已疲于奔命的纳粹兵士，和安慰国内怨声载道的纳粹民众的欺骗之辞；然在希脱勒本心，总至少也在想寒冬莅止之前，必能使苏联屈服，然后就可以一转而侵英，如统一欧洲时的局面一样，不出半年，定可以攫夺得高加索油库，与乌克兰麦田，独霸天下，奴役全世界的人民。殊不知干戈一启，竟至损失得如此之大。直到现在，诚如苏驻英大使梅斯基氏之所说，纳粹兵员死伤达三百万，飞机坦克，被毁各以万计。纳粹的侵略实力实实在在减弱了三分之一，而所收的结果，却是闪电战顿失去了效力，和纳粹军无敌的一般观念又被打击得粉碎的两个笑柄。希脱勒在侵略当时，志在必取的四大目标，列宁格勒，莫斯科，基辅，敖得萨，只在最近，才得到了一个被俄军于放弃前毁坏得片瓦不留的乌克兰的空城基辅。连德苏战争初起时，大家所预言的希脱勒将走上拿破仑旧路这一句话的前半段胜利场面，都还没有被演成事实。其后半段的悲惨命运，当然是更要比拿破仑不上了。

正因为是如此，所以最近的纳粹于疯狂之上，又再加上了疯狂，任何牺牲，也在所不惜，必欲于最近攻下列宁格勒，攻下顿河流域的大工业区，更想一举而攫夺到克里米亚的海口，与高加索的油田。自己的兵种不足，又拼命的硬拉法西斯蒂的黑衫军来殉葬，牺牲了强盗同伙的生命还觉得不够，最近就又压迫全人口也只有六百万的保加利亚来做他的虎伥。

两国交战，北自北极，南至南海，战线拉长至二千里的一条线上，胜负出入，当然是在所难免。苏联在南路一角，我们自然也承认是略有不利，不过在地广人众，资源又较我国更为丰富的苏联，仅仅于南端失去一城一地，其不至于影响全局，也不至于起决定的作用，只须证之我国对敌寇的四年作战，也就可以明白。况且南路军总指挥布敦尼将军，又系身经百战的宿将，其退出聂泊河东岸，扼守丹内兹河防线，保卫顿河区域工业中心地的神勇，又在在使我们佩服。即使纳粹能于最近，嗾使保加利亚兵去填补他的缺口，或利用海空军去骚扰阿左夫海与高加索西岸，以及克里米亚半岛，我们只须一看敖得萨的迄今犹作苦斗，日日在要求罗马尼亚付出数千人的牺牲代价，就可以知道高加索决不是罗森堡与丹麦等地可比了。

所以，现在南路一带，苏军虽则稍稍失利，局势也相当的危急，然而纳粹的要想长驱直入，如席卷欧洲时的那么顺手，恐怕也谈非容易。

在这里更可以证明纳粹的决不能如攻马奇诺阵线时那么顺利的一个重要关键，是反侵略国家的已经到了紧密合作的阶段，再也不至有被各个击破的一点。各反侵略的民主国家之业已紧密合作的具体表现，我们可以于最近在苏京莫斯科举行的英美苏三强会议，及在伦敦开催的协约国会议中得之（详情见电讯栏）。英美的援苏，早已见之于事实，美国接济苏联的军火物质，满载而去的船只，都已在海参威、北冰洋、波斯湾等地的海口卸下了货。而英国的援苏坦克周中所产的坦克车辆，也已由苏驻英大使梅斯基点收了许多批。此外则飞机、大炮、煤油，以及机器之类，正在源源向苏联的新设置之工业中心区和战线上输送，英国军队且更有二十五万已开入高加索去协助苏军作战的消息，而尤其令人兴奋的一事，是美国已将商船加上了武装，自红星号在北冰洋被纳粹海盗击沉以后，全国的舆论，不但只在要求中立法的废除，简直是已经到了参战的前夜，和一九一七年的紧张状态，完全是相仿的样子。

所以，若以德苏战局为中心，而综观一下世界的现势，则英苏京的两大会议，和美国即将参战的三事，就是促成纳粹法西斯蒂崩溃的号角与丧钟。我委座在重庆对胡文虎先生所说的一句话，谓中国的驱逐敌寇出境,将在明年;就是不可分割的世界永久和平的奠定,明年便可以实现的这一句预言,我们证之于上述的理由,自然是可以确信而无疑的了。

(原载一九四一年九月二十五日新加坡《星洲日报》)